그래 너는 오늘도 예쁘다

시계를 되돌려 놓다 범고

초판 발행 2020년 12월 11일
지은이 시계문학회

펴낸이 안창현 펴낸곳 코드미디어
북 디자인 Micky Ahn
교정 교열 최기주
등록 2001년 3월 7일
등록번호 제 25100-2001-5호
주소 서울시 은평구 갈현로 318-1
전화 02-6326-1402 팩스 02-388-1302
전자우편 codmedia@codmedia.com

ISBN 979-11-89690-42-7 03810

정가 12,000원

시계문학 열세 번째 작품집

그래 너는 오늘도 예쁘다

어느 해보다 단풍이 아름답습니다. 힘들고 어려웠던 한 해를 위로하듯 울긋불긋 펼쳐진 가을 풍경에 움츠렸던 마음을 활짝 열어봅니다. 올해는 첫 시작부터 다가온 예기치 못한 코로나19로 온 세계가 아직도 지루한 몸살을 앓고 있습니다. 기다리던 봄 희망처럼 부푼 꽃망울도 푸른 신록의 여름도 마음껏 음미할 수 없을 만큼 두려운 나날의 연속이었습니다. 우리 시계문학회도 어쩔 수 없이 개강과 휴강을 반복하는 안타까운 날들을 겪었습니다. 이토록 여러 가지로 어려운 여건에도 창작의 열정을 놓치지 않은 문우님들의 귀한 글을 모아 13회 동인지를 발간하게 되었습니다. 항상 무엇을 어떻게 쓸까? 전전긍긍하며 주위를 세심하게 관찰하고 기억을 되살립니다. 섬광처럼 문득 떠오르는 착상을 붙들고 수없이 쓰고 지우는 과정을 되풀이하는 문우님들 수고하셨습니다. 바깥 활동의 제약으로 오히려 주제에 더 깊이 천착하는 다채롭고 풍성한 글밭을 일구어 주신 문우님들께 감사 드립니다. 언제나 부족한 글을 성심껏 지도해 주시고 용기를 북돋아 주신 지연희 교수님께 머리 숙여 감사 드립니다. 어느새 바람이 제법 쌀쌀합니다. 교수님을 비롯한 우리 문우님들 특별히 건강에 유의하시고 한 해를 잘 마무리할 수 있기를 기도드립니다.

시계문학회 회장 이흥수

정신문화의 으뜸에 선 문학

지연희(시인, 수필가)

시계문학회詩界文學會 회원은 어언 13년의 시간을 신세계 아카데미에서 함께하고 있다. 끝없는 오지의 메마른 갈대숲을 지나듯 '문학'이라는 절대적 지향점을 향한 혼신의 불꽃놀이를 우리 모두는 묵묵히 수행해 왔다. 서로를 염려하고 서로를 배려하며 이상적인 문학인의 그 무엇이기를 아름답게 지켜온 것이다. 회원 여러분들의 친목에 경의를 드린다. 오랜 시간 하나의 목표를 지니고 함께한다는 것은 신뢰이며 저버릴 수 없는 끈끈한 우정의 소산이다. 세상이라는 질곡의 바람 앞에 시계문학이 키워온 성탑은 지워지지 않는 동인문학역사로 남을 것이다.

잘 쓰여 진 한 줄의 언어에 웃고, 성에 차지 않은 문장에 고뇌하던 시간들이었다. 그리고 새롭게 다가오고 있는 내일을 또다시 내다보며 꿈을 꾸게 된다. 평생의 수업이라는 문학 짓기 매번의 새로운 시작은 선배나 후배를 막론하여 고통의 순간임에 분명하다. 그럼에도 그 고통 뒤에 따라오는 행복이라는 위로가 있어 세상 모든 문학인들은 단연코 피를 말리는 대열에 서지 않을 수 없다. 정신문화의 으뜸에 선 '문학'은 미술, 음악, 무용, 건축 등 예술 전반의 기초적 기반을 관장하는 장르이다. 까닭에 문학은 우리 사회를 선도하는 예술이다.

한 해의 핵심적 삶의 심지를 태워버려 살아도 산 것 같지 않은 2020년은 그래도 저물어 간다. 코로나19 바이러스 공포가 이토록 오랜 시간을 매몰차게 점유할 것이라고는 예상치 못했다. 이토록 삶의 질서를 파괴하고 생명을 위협하리라고는 미처 깨닫지 않았다. 하지만 오늘 우리는 아무쪼록 각자의 위생과 방역 수칙을 철저히 하여 이겨내야 한다. 우리의 아름다운 문학을 꽃피워야 하기 때문이다. 한 해를 잘 이끌어 주신 이홍수 회장님과 전임회장단 그리고 시계식구 모두의 문운이 창대하기를 기원한다.

Contents

Contents

탁현미

떠도는 바람처럼,
무심히 흐르는 구름처럼
자유로운 영혼으로 살고 싶다

약력

계간 「문파」 시 부문 신인상 당선 등단. 한국문인협회 회원. 문파문학인협회, 시계
문학회 회장 역임.

낡은 곰 인형

간밤에 내린 비로 온 숲이 말간 얼굴을 하고
수많은 유리창들 퍼즐 한 조각씩 품에 안고 아침을 여는 대학병원
마치 몸 한구석에 달린 맹장처럼 지하 1층 한구석에 자리한 '핵의학과'
스르르 로비의 문이 열리며 눈만 반짝이는 외계인들이 들어온다
두리번거리며 자리를 찾아 앉는 눈들, 한 편의 무성영화를 보는 듯 조
용하다.

소리 없이 스쳐 지나가는 휠체어
아주 작고 가는 팔 안에 꼭 안겨 있는 낡고 낡은 곰 인형
갈색 벙거지를 눌러쓴 맑고 무심한 눈이 내 시선을 사로잡는다
알 수 없는 막막한 슬픔이 가슴속 깊이 밀물처럼 밀려오고
예고 없이 물안개가 자욱해진 눈으로 그 뒤 모습을 배웅한다
저 작고 가냘픈 어린 소년은 어느 별에서 왔을까
두 손 모아 본다

그래 너는 오늘도 예쁘다

먼 산 너머 푸른 하늘
목화송이 같은 흰 구름 쉼 없이 흘러가고
물들기 시작한 나무 너울춤 추게 하는 바람

머릿속엔 금방이라도 소나기가 내릴 듯 먹구름 가득
무수한 활자들이 눈을 어지럽히고
금붕어처럼 뻐끔거리며 쏟아지는 공허한 말 말 말
그 속에 숨어 있는 칼날들 귀를 후비고
주먹만 한 심장 꽁꽁 얼어붙게 하는, 오후
마스크 모자 눌러 쓰고
후줄근한 몸 끌고 너에게로 간다

나지막한 잡목들로 둘러싸인 작은 태교공원*
한 곳에 항상 분홍색으로 빛나고 있는
등받이에 검은 글씨가 눈길을 끄는 나무 의자에 앉는다
'그래 너는 오늘도 예쁘다'
두 팔 축 늘어뜨리고 눈을 감는다
온몸을 감싸는 따스한 온기
가만가만 속삭이는 정겨운 잡소리

간들바람이 손을 다독이며 스쳐간다

어느새 두 손 맞잡고 있는 나
꽁꽁 언 심장이 녹아내리고
철 늦은 민들레를 보고 웃고 있다

---

* 태교공원 : 상현동과 광교 경계에 있는 공원.

나팔꽃이 피었네

친구들과 도심에서 조금 떨어진 산골 길을 걸었다
이름 모를 들꽃들과 졸졸 흐르는 물소리
간간이 들리는 매미의 노래
우연히 걸어 들어간 좁은 골목길
대여섯 채의 낡은 기와집들
나지막한 돌담 넘어 옹기종기 모여 있는 항아리

아. 빨간 나팔꽃이 피네!

이곳에 그 모든 것들이 있었다
처마 끝에 매어진 줄을 타고 올라간 나팔꽃
수탉 벼슬 닮은 붉은 맨드라미 채송화 과꽃 해바라기
봉선화 접시꽃 칸나 백일홍 등
너무도 정겨운 꽃과 풍경
어느새 나는 육십여 년 전
우리 집 작은 뜰에 서 있었다
꽃삽을 들고 화단을 가꾸시던 아버지
아침마다 맡았던 흙 내음과 하늘로 오르던 담배 연기
눈앞을 스치고 지나간다
가슴 한구석 밀려오는 아련한 그리움
뜨거워지는 눈시울

목요일, 일흔 두 살 여인의 하루

오랜 장마가 끝나고
커튼 틈새로 푸른 하늘이 엿보인다
마루의 뻐꾸기시계가 여섯 번 운다

오늘은 목요일, 김치 담는 날 마음이 바빠진다 세탁기를 돌리고 목요일에만 서는 이웃 아파트 재래시장에 간다 풍성한 야채들이 눈을 즐겁게 한다 가지런히 누워있는 열무솎음, 배추솎음, 파 감자 붉은 고추 등을 배달시키고 빨래를 햇살 좋은 베란다에 널고 식탁에 신문지 깔고 마늘을 깐다 현관 벨이 울린다 감자를 꺼내 껍질을 벗기고 물을 넉넉히 붓고 끓인다 마루에 야외 돗자리를 깔고 열무, 배추를 다듬는다 지나간 드라마를 보면서. 열무와 배추를 씻어 소금에 절이고 파를 다듬고 붉은 고추와 마늘을 갈고 파를 썰어 논다 절인 열무와 배추를 씻어 준비한 양념을 하고 감자 삶은 물을 넉넉히 붓고 간을 한다.

어느새 서녘 하늘에 가녀린 초승달이 떠있다
베란다에 햇살 한가득 품에 안은 빨래들을
다독다독 정리하고 허리를 펼 땐
옅은 어둠이 고개를 내민다

임정남

가을 언덕에 올라서서 바람을 따라
온종일 울었다는 뻐꾸기 생각하며
그리움에 피고 있는 코스모스를 바라보며….

약력

경북 영주 출생. 안동교대 졸. 교사 역임. 2009년 계간 『문파』 시 부문 신인상 등단.
국제 펜클럽 회원. 한국 문인협회 회원. 문파 문학회 회장 역임. 문인협회 용인지
부 회원. 시계문학회 회장 역임. 제9회 문파문학상, 제2회 시계문학상 수상. 저서
: 시집 『비로소! 보이는 것은』, 『낮달』 『눈부시계』 공저 『오래된 젊음』 『문파 대표 시
선』 외 다수.

구름이 머문 곳에

한옥 정원에
고풍스러운 구름 한 점
멋스럽다

문득
고향마을 텃밭에
올려 둔 구름
더러 보고 싶다

송홧가루 날리는
오래된 뒤뜰 장광에
매화나무 덮어둔 구름
아직도 그 향기가 남아 있을까?

솔향기 가득한 언덕에서 바라보던
그 젊은 구름은 아직 거기 떠 있을까?

눈부시계

창밖에 떠돌던 미세먼지 다 어디로 갔을까
오늘 아침 저 빛나는 햇살 폭죽처럼 마구 터지고
투명한 햇살 받아 사진도 찍는다

호 호 거리면서 다람쥐 뛰놀던
지난 시절 이야기 누구의 가슴에도 아니 올 수 없는
익은 그 바람만 쏴- 하고 고목 같은 마음에도 설렌다

눕고 일어나고 절망하고 희망하면서 아무것도
아니면서 목적도 없는 기다려지는 마음

바람소리, 차 소리 비행기 소리에 끌려 다니면서
하얗게 설레지고, 다시 맥 빠진 모습 끝도 없이 그냥.

느닷없이

외로움이 찾아올 때
마음이 바닥을 칠 때 골목길 한, 두 사람
보이지 않는 마음이 통해서
두서없이 스토리 없이
가슴속 이야기 막걸리처럼 쏟아낸다

넘치는 단풍이 강물 흐르듯
살면 살수록 가시도 삭아버린
깊은 산속 바람까지 쫓아와 말 걸어온다

고개 들어 어리는 하늘 바다에
촘촘히 박혀있는 저- 별을 보고
소라 고동 밖으로 길 떠난다.

늦은 목련

봄 하늘이 파랗다 붉어지는 먼 나라
이야기도 아닌 아무도 묻지 않아도

영부인의 닉네임 모두가 사랑했다 가셨다는
슬픈 전설이 바람 속에 떠내려오기도 하는

목련을 그리다가 다시 꽃도 더 그려
꽃잎도 더 넣어 마음도 보태어 눈물까지
성찬으로 쑥스러워 하고 미안해 하며
살려 내기도 하는 느긋한 오후의 하루

햇살 바람이
순간순간 텅 빈 하늘에 펄럭이고 있는
파랑 치마를 입은 나는 분홍 웃음으로
잘 부서지는 햇살을 만지작거리며
물감으로 갓 올린 봉분에 안부를 물으며
늦은 봄날에 홀로 입속에서 중얼거린다

달콤하게 만

지문이 없다고 말로 답을 하란다
말이 한 장씩 넘어갈 때마다
바람 속에서 문풍지 소리 난다

연두 잎이 무럭무럭 잘 자라
꽃잎 터널을 지나 사슴처럼
향기롭게만 지낼 줄 알았는데

우아한 벚꽃을 가득 머리에 이고
꽃그늘에 이사를 갔더니
보슬비도 오고 이슬비도 오고
갈수록 바람도 불고 천둥 번개도 치더니

노란 빨강 단풍이 길을 막고 서서
웃고만 있는 너의 눈동자는 위험해
고관절도 깨지고 무릎도 무너지고
눈도 침침해지고 생각도 갇혀
웃지도 울지도 못하는 할머니가 되었다

이순애

봄은 겨울에서 오듯 희망은 고통에서 온다.
고통과 시련에 감사.

약력

시계문학회, 문파문학회, 가톨릭문학회, 현대문학회 회원. 저서 : 시집 『예감』. 수필집 『그때 그리고 지금』. 공저 『오래된 젊음』 『문파 대표 시선』 외 다수.

그때 그길

함께 하자며
나팔꽃이 잡은 거미줄 한 가닥
마음은 외따롭고
생각은 머쓱했다

서로의 이름을 불러보지만
가슴 붉은 새 되어
겨울빛 문틈으로 새어오듯
울고 있을 뿐

봄날인 꽃길에
손잡지 못하고
가슴속 번지는 고뇌
그 길은 없어라

느티나무

백 년百年의 기상氣像이다

두 주먹 불끈 쥐고
솟아오르는 아침 해를 향해
두 팔 벌리는 느티나무

우정의 바람 불어 흐르는 교정
흰 구름 등에 업고
새들의 노래 가슴에 품으며

잎새마다 들락거리는 메아리
도토리처럼 쏟아질 듯 열려
하늘벌 가득하다

우러러보는 눈동자
사박사박 걸어 들어가
별빛으로 수놓으며

대지는 넓고 하늘은 푸르러
멀리멀리 뛰고 높이 날아라

정글의 숲처럼,
숲속의 호랑이처럼
천년을 포효咆哮하라

은진 초등학교의 느티나무

훼방꾼

고봉밥처럼 찾아온
햇살
깜빡 반겨
사월의 벚꽃 합방했다
달빛 덮고
아직 여물지 못한 뼈들
눕히기 전
소문 듣고
와락 달려든
비바람
거기
"엄마 뭐해?"
문 열어젖히는

고향 친구

　　낙엽이 흙을 베고 잠시 쉬고 있다. 여름이 마침표를 찍나 했는데 어느새 가을이 저만치 가고 낙엽이 일어나 세월을 앞세우고 따라간다. 어릴 적 추억하나 손에 주워들고 말갛고 빨갛게 수놓은 고향을 들여다본다. 풍성한 고향의 황금 들녘에는 참새 떼 재잘대며 풍년가를 부르고 농부의 얼굴에는 미소가 춤춘다. 여러 아름드리 되는 초등학교의 느티나무도 곱게 단풍이 들고 그 아래에서 육학년 때 한 반인 친구들과 놀이를 한다. 뺀 치기, 고무줄놀이, 발치기, 땅따먹기 하며 뛰어논다.

　　친구들 속에 순이하고 자야와 나는 삼총사였다. 진학반으로 담임선생님은 밤늦도록 열심히 과외 공부를 시키지만 우리들은 공부 보다 쉬는 시간을 기다려 놀이에 빠져든다. 소소한 가을바람이 아침저녁 불어오던 어느 날인 것 같다. 그때도 고목이던 느티나무 아래 운동장에서 사금파리로 발치기를 했다. 금을 밟았다 안 밟았다는 약간의 의견 충돌로 순이와 말을 하지 않고 지냈다. 한마을에 사는 자야만 친했고 졸업을 하고도 십 리길 떨어진 순이는 소식을 알 수 없었다.

　　사십 대 초반부터 서울에서 동창 모임을 했다. 순이의 소식을 알아봤지만 아무도 아는 사람이 없었다. 졸업 한지도 육십여 년이 흘렀다. 재경 동문회 사이트에 이런 사람을 찾는다고 올리기도 하고 총동문회에 가서 알아본다. 동명인 사람이 나왔는데 육 년 후배고 같은 이름의 선배는 새터라는 동네 살았다고 알려준다. 금방 찾을 것 같아 마음이 설렌다. 어느 곳에 있던지 찾으면 달려가리라. 넌 정말 좋은 친구였다고 말하고 고향을 비추던 달빛 속에 어깨를 나란히 걷고 싶다. 그동안 함께 하지 못했던 이야기들을 풀어 놓을 것이다. 별들이 자리바꿈을 하고 강물이 흐르며 계절이 바뀔 때마다 네가 그리웠다고 말하리라. 하지만 사방을 둘러보아도 새터에 사는 사람조차 찾을 수 없었다.

고향 동기들이 두 달에 한 번씩 모이는 동창회가 있다고 한다. 서울에서 네 명이 출발할 때는 먹구름 속에 가을비가 추적추적 내렸으나, 두 시간 동안 고향 논산으로 향할수록 날씨는 개이고 고향의 얼굴처럼 쾌청한 날씨다. 대전에서 온 친구들까지 이십 명 정도 모였고 졸업 후 처음 본 친구들도 절반이다. 내 시집과 수필집을 보내주고 통화를 했기 때문에 고맙다는 인사며 동창이라는 인연으로 끈끈하다. 여자는 세 명이지만 초등학교 육 년을 거치면서 짝이었던 남자 친구들도 있어 반긴다. 식사 후 차를 마시는 자리에서다. 사십 년 교직 생활에서 교장으로 퇴임했다는 한 반이었던 고향 친구 오가 옆자리에 앉았다. 이런저런 이야기를 하며 서로 아는 친구들의 안부를 묻는다.

같은 면 단위의 지역으로 새터를 물었다. 순이를 찾을 수 있느냐고 얘기하자 그 동네 사는 친구가 있다며 신 씨인 친구를 부른다. 너무도 뜻밖의 일에 가슴이 뛰고 숨이 막힐 것 같았다. 순이와 한동네 살았고 그녀를 좋아했다고 한다. 선생님을 했던 오라는 친구는 당장 전화를 하란다. 지금은 모르고 순이의 사촌을 통해 알 수 있으니 집에 가서 알아본다는 것이다. 그녀의 사촌들도 이미 고향을 떠났지만 알 수 있다고 한다. 한 잔의 물로 목을 축이듯 친구를 생각하는 그리움으로 가슴을 적신 것이 한두 번이었던가.

친구와 통화하게 되면 하고 싶은 말. 꽃이 피면 꽃잎을 따 하늘로 불어 올려 어느 곳엔가 살고 있는 너에게 건네 보려는 마음이었다고 말하리라. 한 고집하는 내가 속이 좁아 말을 안 하게 돼서 미안하다고 사과해야겠다는 생각이다. 어릴 때에 비하면 나아졌으나 아직도 작은 그릇의 연약한 마음이지만 거기에 너를 담을 준비가 되었다고 말하자. 앞으로 남은 시간 자야와 셋이 만나 옛 생각 하며 추억을 갖고 놀자고 해보자. 찬란한 햇빛이 우리를 축복할 때까지 잠자던 영혼을 일깨우련다. 그녀의 성격으로 보아 더없는 기쁨으로 받아들이고 핵심 중의 핵심인 태풍의 눈처럼 주시하고 서로를 지켜 주리라 믿는다.

내 마음은

하늘을 나는 독수리처럼 날고 싶었다. 언젠가는 날아 보겠다는 의지와 믿음으로 산다. 바람이 불어 끝 간 데 없는 그곳으로 향하고 있다. 현실과는 너무 거리가 멀어 어처구니없는 생각이다. 두려움은 없다. 너무 멀리 있는 꿈이기에 급할 게 없고 이룰 수 있다는 확신이 있어 차분한 마음이다.

노가다의 현장은 소용돌이의 도가니다. 가정이, 일이 버거워 쓰러지기 직전으로 날마다 시련의 연속이다. 들어오나 나가나 몸과 마음이 편한 날이 하루도 없다. 날카롭고 고집 세지만 약골인 체질에 짊어진 짐은 한없이 무겁다. 다행하게도 사랑할 줄은 안다. 건축 현장의 거친 사람들과도 부딪히지 않는다. 그 사람들을 높이고 항상 낮은 자세다. 목표를 달성하기 위해서 거친 파도를 안고 가기보다는 잔잔한 호수 위를 함께 노 저어 가자는 뜻이다. 그런 마음은 이심전심으로 전해지기 마련이다.

자고 나면 땅값이 메뚜기 떼 뛰듯 우뚝 뛰어오르는 때가 있었다. 집을 팔면 바보가 아닌 이상 누구나 그 계약금으로 땅을 산다. 인건비나 자제 값은 당연한 듯 외상으로 밀려 놓는 것이 상례다. 한 번도 그렇게 해 보지 못한다. 우선 계약금을 받아 인건비로 주고 중도금 받아 자제 비를 치르고 나면 땅 살 계약금이 남는다. 한 달 사이에 이미 많이 올라있는 땅값에 허탈하고 헛일을 했다는 생각이 든다. 한편으로 양심은 자유롭다. 일꾼들 보기가 떳떳하다. 밤늦도록 일하고 깊은 잠 못 자고 날이 새기 전에 눈바람처럼 현장으로 몰려들어 힘든 일로 하루하루 벌어먹고 사는 사람들이다.

　나 이상으로 돈도 궁핍하고 일도 힘들게 한다. 내가 겪고 있기에 알고도 남는다. 그들을 혹사시키고 내 욕심만 챙긴다는 것은 양심을 죽이는 일로 용납되지 않는다. 돈을 주지 않아도 말 못 한다. 다음에 일을 시키지 않을까 두려워 속으로만 앓는다. 눈물겨운 현상이다. 사람에 따라서는 돈을 재촉하는 경우도 있다. 건축주들이 멱살을 잡혀 끌려다니는 것도 드물게 본다. 노가다 판일수록 신의가 있어야 한다. 말이 법이라야 되는 것. 계약서를 써보지 않았다. 얼마에 들어오고 일머리는 이렇게 하고 지불 조건은 어떻다고 말로 약속하면 상호 간에 틀림없이 그대로 지켜지던 때다.

　아침 일찍 철물점이나 목재소를 들른다. 그날그날의 재료를 준비하기 위해서다. 따뜻한 커피를 준다. 안 먹으면 못 먹느냐고 묻는다. 일꾼들은 추운 데서 일하는데 나만 따뜻하게 먹으면 안 된다고 말한다. 복날 같은 때는 부동산 사장들이 와서 보신탕을 사준다고 한다. 친분을 쌓아 집을 팔 셈이다. 나만 잘 먹으면 되느냐며 일꾼들 생각해서 안 간다. 음료수를 사 온다. 그것도 안 먹고 일꾼들에게 준다. 현장에서 험하고 위험한 일을 하지만 누구의 외아들이고 자녀를 둔 가장으로 귀한 존재라는 것을 생각하면 마음 아프다.

　남편이 퇴직한 후 현장에 같이 있다. 거푸집으로 지은 야방막에 선풍기가 있어 틀면 못 켜게 한다. 더운데 왜 그러느냐고 묻는다. 일꾼들은 더운 데서 일하는데 우리만 시원하면 되겠느냐고 하면 어이가 없는 듯하다. 나는 평생 그런 정신으로 노가다 하지 않았다고 말해 준다. 일꾼들이 물어볼게 있어 들어오면 그때 켠다. 바람이 감미롭기 그지없어 살 것 같다. 사람들이 나가면 바로 끈다. 옆집은 우리 전기를 끌어 쓰면서 에어컨을 빵빵하게 켜고 앉아있다. 냉장고에 먹을 것을 가득 채워 혼자만 먹고 있는 게 당연한 듯. 누구를 가르치기 위한 것이 아니라 내 양심의 기본을 지킨다.

어두컴컴한 일층에서 나오는데 삽이 한자 앞에 확 꽂힌다. 오층에서 아무도 없는 줄 알고 아래로 던진 것이다. 머리나 발에 꽂힐 뻔해 아찔하고 위험한 순간이다. 아시바를 매고 풀 때도 아슬아슬해 눈물이 난다. 날마다 위험이 독사처럼 곳곳에 도사리고 기회를 엿본다. 함께 고생하는 일꾼들을 위해 비양심적으로 행동할 수 없다. 그들을 이용해 내 이익을 챙길 수 있는 기회도 얼마든지 있다. 건물도 철근이나 레미콘 등 자제를 빼먹는 만큼 돈이 남는다.

나의 기도는 더불어 먹고 살 수 있으면 된다는 마음이다. 내 마음을 알아주는 사람들의 발걸음이 현장을 바람처럼 맴돈다. 같은 일을 하면서도 날마다 새로운 마음으로 반갑다. 땀에 젖은 몸이지만 아침부터 저녁까지 감사한 마음으로 하루를 마친다. 내가 날고 싶은 하늘을 우러러 한 발 가까워졌다고 가슴을 다독이며.

김옥남

유난히도 아쉬운 2020년의 깊어가는 계절
그래도 멈추지 않는 작품 세계,
세상으로 나올 준비를 하는 시간이 행복합니다

약력

경북안동 출생. 계간 『문파』 시 부분 신인상 당선 등단. 한국문인협회 저작권 옹호
위원. 문파문인회 이사. 시계문학회 회원. 한국문인협회 용인지부 사무국장. 용인
지부 공로상 수상. 저서 : 시집 『그리움 한잔』공저 『오래된 젊음』 외 다수

알람이 울릴 때

고목나무는 말없이 신호를 보낸다
가슴 저미는 회한의 소리로

언제부터였을까
여기저기서 울리는 신호
못 들은 척 무시했던 날들

무심히 흘러 보낸 시간의 찌꺼기
묵직한 바위 되어 서슬 퍼런
투정을 부린다

살갗을 찢고 드러낸 아우성
내 것이 내 것이 아닌 육신
장맛비처럼 멈추지 않는 괴로움

알람을 멈추게 하고 싶은 작은 소망
묵살 당했다
고장 난 알람은 계속 울고 있다

용서하소서

겨울 햇살이 유리알처럼
마알갛게 얼어버린 오후
카페 한쪽 귀퉁이 향기 잃은 커피 한 잔
미련을 곱씹고 있다

무한히 머무르기를 거부하며 돌아가는
시간을 멈추게 할 수만 있다면
따뜻한 커피 향기로 다가가
상처투성이 가슴 감싸줄 수 있을 텐데-

용서하소서-

초점 없이 이리저리 흔들리는 눈동자
좁은 생각으로 끈질기게 매달린 지난날들-
하늘 향해 간절한 무릎 꿇고
두 손 모은다

다시, 뜨거워진 커피잔
따스하게 가슴을 데운다

그대는

인연을 끊고 등지고 살았던 시간
봄바람 타고 내게로 와
덧나버리는 상처가 될 줄
몰랐습니다

기억 저 뒤편의 얼굴
무심히 마주한 순간
바람의 그림자 될 줄 미쳐
몰랐습니다

아지랑이 따라
냉이 달래 쑥 향기 퍼질 때
되살아나는 그리움으로 남을 줄
몰랐습니다

꽃잎 흩어지는 봄날
더 선명해지는 흔적으로 남아
조여 오는 심장 통증의 씨앗이 될 줄 진정
몰랐습니다

민들레

참빗으로 하얀 머리 빗어 올리고
꿋꿋이 서서 길 가는 나그네
살포시 미소 날리며 발걸음 잡는다

나무뿌리에 걸리며, 돌부리에 눌리며
세월 보듬은 민들레
봄볕에 그을린 얼굴, 투박한 손
엄마의 시간이 겹쳐진다

노란빛 삭아 하얗게 변해버린 얼굴
토해낼 수 없는 아픔 품고 살았던 민들레
안간힘으로 뿌리 깊게 내린 이유
이제야 알 것만 같은데―

봄날이 다 가기 전, 산山 집 찾아가
붉디붉은 장미 한 아름 안겨 드리고 싶다
돌아올 수 없는 그곳에서
봄 햇살 같은 환한 미소 지을 수 있게―

들을 수 없는 목소리

저 혼자 큰 줄 알지
가슴 뭉개며 혼잣말 토해내시던 어머니
이명처럼 귓가에 쟁쟁하다

아슴아슴한 유년의 집
삭아버린 기억 헤집으며 찾아간다
끊어지고 허물어져
햇살조차 머물기를 거부하는 길

버선발로 뛰어나와 반겨줄 것만 같은데―
굳게 닫힌 철문, 푸석돌이 되어버린 담장
빗물 되어 흘러내린다

불러보고 또 불러 봐도
명치끝에 걸려 삭혀지지 않는
그 이름

손거울

문우님의 또! 가을인가 읊조린 시가
내 마음을 사로잡는다.
팔순은 그냥이 아니고
이 땅 사람들의 30%만 누리는 행운이라고 한다.
그중 또 가을이니까 한해를 잃어버리는
아쉬움에 선잠인데
간밤에는 무서리가 눈처럼 내렸네
어제까지 살려고 꼬부라진 손을 내고 봉우리 맺던
호박 넝쿨이 마음 쓰인다

수필

능금밭 큰아버지
두 자 여섯 자
떠나는 사람과 오는 사람

약력

2014년 계간 『문파문학』으로 수필 등단. 한국문인협회, 문파 문학 회원, 용인 문인
협회, 시계문학 회원 저서 : 수필집 『울 엄마 치마끈』 공저 『오래된 젊음』 외 다수

능금밭 큰아버지

　년 초에 밀양에 사는 제자로부터 올해도 잊지 않고 얼음골 사과 한 상자를 보내왔다. 간단한 연하 인사와 함께 올해는 날씨가 춥지 않아 사과 안에 꿀 얼음이 잘되지 않았다고 한다. 나는 아직까지도 사과보다는 능금이란 이름이 친숙하다. 사과 속에 꿀 얼음이 있건 없건 나는 능금을 좋아한다. 능금은 인류의 자초 재앙인 지구 온난화가 시작되기 전에는 내 고향 경산이 우리나라 주산지다. 봄이면 사과 꽃길 걸으며 그 싱그러운 향기 속에 자랐다. 철 따라 맛이 다른 종류의 능금이 익어 저마다 독특한 맛을 자랑한다. 능금은 육질이 깊고 아삭한 맛이 일품이다. 껍질째 먹기를 좋아하는 나로서는 안성맞춤이다. 그래서 매일 새벽에 먼저 찾는 과일이다. 담배 피우는 사람이 담배 찾듯 나는 사과를 자주 찾는다. 사과는 과일 중에 왕이라 여긴다.

　아버지는 논농사를 주로 하셨지만 큰아버지는 산기슭에다 젊은 시절부터 사과 밭을 일구었다. 내가 소를 몰고 산으로 가는 길목에 큰아버지 능금 밭을 지나간다. 과수원에는 높은 원두막이 있고 큰아버지는 늘 거기에서 지키고 계셨다. 커다란 양철통을 가끔 두드리며 큰소리로 까치가 사과를 해치지 못하게 지키신다. 그 능금 밭에는 가장 일찍 따는 이와이祝이가 몇 그루 있고 주로 여름의 뜨거운 태양 아래 그 빛처럼 빨갛게 익어가는 홍옥紅玉이 많았다. 늦가을에 따는 국광國光도 있었지만 그리 많지 않았다. 나는 새콤한 맛의 홍옥을 좋아했다.

큰아버지께서는 내가 소 몰고 산으로 가는 시간이면 때를 맞추어 높은 원두막에서 보시고 나를 부르신다. "율아 기다려라" 하시고 홑 삼베 바지 춤을 끌어올려 거기에 까치가 찍어 먹다 떨어뜨린 사과를 가득 담아 아까 시 울타리 구멍 밖으로 주르르 부어 주신다. 이때마다 나무에 달린 사과 는 하나도 없고 이마에 까치 잇자국이 있는 떨어진 것들이다. 울타리 사이 로 보이는 능금나무 가지에는 큰아버지의 정성으로 조롱조롱 소담스럽게 빨갛게 익어가는 능금이 햇살에 반짝인다. 사과나무를 바라보고 있는 나 의 눈치를 챈 큰아버지는 "이 녀석아 너는 우리 밭에서 가장 맛있는 것을 골라 먹는 거야. 이 능금이 젤 맛있는 기라, 그놈 깐쟁이가 제일 맛있는 것 만 골라 따먹는단 말이야 희한하지?"하시며 부어 주실 때 많이 주실려고 홑바지를 끝까지 끌어올려 큰아버지의 아랫도리가 입체적으로 노출된다. 나는 중심부까지 보일 것 같아 민망스러워 고개를 돌린다.

반바지 허리 끈을 꼭 졸라매고 런닝셔츠의 목덜미 구멍으로 능금을 밀 어 넣어 배 바지 쪽으로 담는다. 큰아버지 댁 능금은 토질 상 능금은 굵지 않고 그냥 먹기에 알맞다. 주시는 것은 사양하지 않고 다 받아 넣고 보면 내 배가 8개월짜리 임산부가 된다. 배가 불룩함 모습으로 산에 도착하면 목동 친구들이 하나 둘 모인다. 이때만은 내가 왕이다. 그중에 제일 잘 익 은 것은 내가 좋아하는 순이 차지다. 친구들에게 배급을 주는데 엿 장사 가 되어 내 맘대로 골라 준다. 사과 숫자가 모자라면 돌칼을 주워 사과 중 간을 잘라 나누어 먹는다. 많이 모자라면 한 입씩 베어 먹기도 한다.

홍옥은 신맛이 아주 강하다. 그러나 까치는 정확히 잘 익은 사과를 골 라 주둥이로 찔러 먹다 떨어뜨리면 내 것이 된다. 큰아버지 원두막에는 항상 큰 양철통을 두드리며 까치와 싸운다. 큰아버지의 우람한 목소리가 소 먹이는 산까지 울려온다. 그야말로 큰 아버지와 까치의 공방전이다. 나는 속으로 계산한다. 난 어쩌면 큰아버지 편보다는 어느새 알미운 까치 편이 되어있다. 까치가 열심히 쪼아 떨어뜨리면 내 것이 되기 때문이다. 까치 소리가 요란하면 '내일도 사과 많이 얻을 수 있겠다' 하고 회심 어린 미소를 짓는다.

　세월이 흘러 반세기가 지난 오늘, 지구 온난화라는 인간들이 낳은 재앙이 지구를 휘어 감고 있다. 내 고향에도 그 그림자가 찾아와 그 왕성하던 대단위 능금 단지가 씨도 없이 사라지고 포도 단지로 변했다. 다행히 나라 당시 정책 지도자의 현명한 판단으로 우리 고장은 머루 포도 단지로 개발되었다. 이것이 적중하여 능금 때보다 훨씬 큰 고소득을 올리고 있다. 오늘도 집 앞 은행나무에는 옛날과 꼭 같은 모양을 한 까치가 둥지를 틀고 정답게 날고 있다. 삼베 바지 말에 손때 묻은 사과를 담아주시던 큰 아버지 가신 지도 오래 되어 얼굴조차 아른하다. 산 그림자도 야위어지고 서쪽하늘 붉게 물던 황혼의 언덕에 올라 까치 먹은 사과 하나라도 먹어 꺼져가는 보리밥 먹은 배가 방귀 소리 몇 번에 꺼져가는 배를 채워보려던 까만 얼굴에 반짝이던 맑은 눈동자의 동무들이 보고 싶다.

두 자 여섯 자

그날은 특히 매서운 바람이 윙윙 소리 내며 몰아치는 이른 새벽 찬 공기를 가르며 전화벨이 울렸다. 불길한 생각에 전화를 받았다. 형수님의 울먹이는 목소리다. 예감이 적중했다. 가장 빠른 대구행 열차를 탔다. 차창 밖은 아직도 잠에서 깨지 않은 듯 뿌였다. 차창에 형님 얼굴 그려본다. 작은 체구에 바지런히 오가며 수선 떨며 살려고 노력하던 초라한 모습, 이제는 더 볼 수 없게 되었구나 생각하니 가슴이 먹먹하다.

사람은 얼마나 사는 것이 좋을까? 이는 사람들에 따라 다르겠지만 우선 본인이 기초적인 생리를 처리할 수 있고 어떤 방법으로 자기표현을 할 수 있고 행복을 느낄 수 있어야겠다. 그리고 가족과 이웃에게 작은 도움이라도 줄 수 있을 때까지 살 수 있다면 뜻있는 삶이 아닐까? 나도 고통스럽고 가족과 이웃에게 부담과 폐해를 끼친다면 그것은 삶이 의미가 없을 것 같다. 그 삶은 자신이 사는 것이 아니고 의술에 의지하여 물리적 연명하는 것일 것이며 생활이 없는 생존이다. 이러한 방법의 삶이라면 구태여 연장할 필요가 있겠는가 생각한다.

꼭 열흘 전일이다. 전화로 확인한 형님의 상태는 전후 사정을 고려해본 결과 사시는 것보다 가시는 것이 옳다고 여겼다. 병원을 찾기 전날 밤 잠이 오지 않아 뒤척이다가 붓을 들고 장문의 이별편지를 썼다. 이것이 세상에서 형님께 드리는 마지막 사연이었다. 정신은 총총하여 침대 옆에서 조용히 읽어 드렸다. 그리고 난 후 붓글씨로 쓴 큰 글이라 본인께서 눈으로 읽으신다. 다 읽고 난 후 인정한다는 고개를 끄덕이신다. 힘에 겹도록 고통 속에서 가족들 성가시게 하며 사시는 보다 가는 것이 현명하다고 마음을 굳히는 것 같다.

"형님 이제 우리 이 세상에서 헤어져야 할 시간이 된 듯합니다. 그러나 이 세상이 끝이 아니고 제 세상, 눈물도 고통도 슬픔도 없는 천국이 있습니다. 거기서 다시 만나 영원히 살게 됩니다. 그곳에 조금 먼저 가 계십시오. 거기에는 형님을 좋아하시는 분들이 기다리십니다. 슬퍼하지 마십시오. 형님은 이 땅의 경쟁에서 낙오되지 않겠다는 청양 고추보다 더 매운 의지와 뚝심으로 고생 많이 하시며 자식들은 누구보다 더 잘 교육시켜 병원 이사장으로, 은행 지점장으로, 고등학교 교사로 훌륭한 일꾼 되어 있습니다. 자부심 가지십시오. 그동안 같이 고생 많이 하신 형수님께 고맙다고 지금 인사하십시오." 말없이 꾸벅 고개 약간 들어 인사한다. "남은 시간 숨이 멈출 때까지 하나님과 모두에게 감사하십시오."라는 내용이었다. 마지막으로 오늘 제게 주신 사랑에 대하여 감사드리며 더 이상 보답해드리지 못해 죄송합니다. 굽혀 마지막 절을 드렸다.

내가 너무 박절하게 형님께 막말하였지 않나 생각도 해 보았지만 결론적으로 잘한 것 같다. 대학병원 장례식장 특실에 화환이 빼곡하다. 가신 분 보다 보낸 사람의 이름이 크게 쓰여 져 있는 생화 화환들, 고인하고는 아무 상관없이 오로지 산자들의 얼굴 세우는 장식품에 불과하다. 안으로 들어가 문상을 드리며 영정을 보는 순간 울컥 눈물이 난다. "율아 배움에는 때가 있다" 하시던 어릴 적 형님의 음성이 들리는듯하다. 사변 통에 아버지께서 일찍 돌아가시고 삶의 방향을 못 찾아 헤맬 때 배움이 중요하다는 것을 일깨워 주신 참 고마운 형님 생각에 흐르는 눈물을 겨우 추스르고 영정을 다시 보았다. 작은 사진을 확대하여 윤곽이 희미하다. 자신을 조용히 돌아보고 사진 한 장 찍을 여유가 없었다. 형님뿐만 아니고 문상갈 때마다 느끼는 것이다. 삶의 현장에서 잠깐 멈추고 자신에게 내어 놓을 수 있는 짧은 시간도 없이 살고 있는 우리인가 보다. 당당히 미소 띤 얼굴로 또 다른 세상으로 출발해 가는 자신감 넘치는 모습 보여주었으면 좋으련만 실상 쉽지 않은가 보다.

우리는 왔기에 가야 하는 길인데 섭섭하지만 억울할 것 없다. 혼신을 다하여 Well living 했으니 잘 죽기 위한 노력도 마땅히 필요하다. 소위 말하는 Well dying 도 중요하다. 고통 속에서 단순히 생명 연장은 하지 말라는 사전의료 승낙서쯤은 작성해두어야겠다. 돌아가고 난 뒤 유족들이 당황하지 않고 처리할 근거인 자필 유서도 써두고, 묏자리도 정해두는 것이 필수다. 여유가 된다면 묘비명 하나라도 미리 써 두는 것도 멋스럽겠다. 영국의 극작가 버나드 쇼 처럼 "나 어영부영 이렇게 될 줄 알았다."고 한 비문은 후인들의 가슴이 뜨거워진다.

형님 모시고 마지막 고향으로 향한다. 꼬불꼬불 비포장도로를 형의 손 잡고 걸었는데 오늘은 말끔히 포장된 도로에 차 타고 달린다. 고향 선산 자락으로 황토집 짓고 이사 오셨다. 가로 두 자 세로 여섯 자로 된 황토집, 그렇게 뼈 빠지게 열심히 사셨건만 동전 한 푼 가지지 못하고 빈손으로 한 평짜리 황토집 하나다. 열흘 전에는 인사할 때 고개를 끄덕이시던 형님 오늘을 잘 가시라고 인사드렸지만 묵묵부답이다.

조카에게 내가 갈 집터는 어디냐고 물으니 몇 발자국 떨어진 곳이 내

이사 집 예정지란다. 오늘은 내 발로 집터 밟아본다. "희로애락을 신고 각축 하다가 한 움큼 부토로 돌아가는 것이 인생"이라고 갈파했던 정비석의 말처럼 그날이 되면 남의 손에 의지하여 잠들겠고 또 부토가 되겠지 생각하니 가슴이 저려온다. 나에게 주어질 이 땅에서 최종 소유 재산은 두 자, 여섯 자 황토뿐이다. 벌써 해는 산마루에 걸려있다. 남은 시간 잘 살아야 겠다고 다짐해본다. "형님 편안히 쉬십시오 그리고 그 곳에서 다시 만납시다." 인사드린다. 산바람이 휭 내 가슴을 뚫고 골짝으로 흩어진다….

떠나는 사람과 오는 사람

　　가을은 떠나는 계절이다. 봄부터 여름 내내 푸르게 가꾸어 온 모든 것을 조용히 정리하고 갈 차비를 하는 것 같아 마음을 서늘하게 한다. 그러나 단풍도 그냥 단풍이 아니다. 가꾸어온 열량을 조용히 가지에, 뿌리에, 혹은 열매에 보내어 새로운 계절을 준비하는 과정이다. 떠나는 것은 새로운 출발을 준비한다고 한다. 낙엽이 뒹굴고 있는 대지를 바라보며 그 위대한 자연의 법칙을 깨닫게 된다. 낙엽은 처음은 쓰레기지만 그 쓰레기는 해가 갈수록 그 몸을 썩혀 비옥한 대지의 일부로 변신한다. 낙엽의 희생이 없다면 대지는 저렇게 푸른 숲을 간직할 수 있을까? 비단 낙엽뿐일까? 사람도 곱게 물들어 노을빛이 내려앉는 찬란한 가을을 장식해야겠다. "인생은 흘러가는 것이 아니라 채워 지는 것."이라고 했다. 이 가을 떠나는 가을이 아닌 결실의 계절, 우리가 할 수 있는 것으로 꽉 채우고 가도록 해야겠다.

　　시계문학에 쑥스러운 마음으로 문을 두드린 지가 두 달 후면 십 년이 된다. 십 년이면 강산도 변한다는데 겉모습은 많이 변한 듯도 하지만 속 사람은 그날이나 다를 바 없다. 더구나 문우님들 중에 연장인 어른들이 계시어 든든한 위로가 된다. 나이가 포기할 명분이 되지 않는 것은 그 분들이 여실히 보여준다. 십 년 동안에 부족하지만 선생님의 지도와 문우님들의 격려로 『울 엄마 치마끈』이란 첫 수필집이 출간되었다는 사실은 나 자신 대견하게 여긴다. 수요일 아침마다 전철로 죽전역에 내리면서 기도 한다 '죽기 전에는 꼭 여기에 올 수 있게 하여 주소서'한다. '내 사전에는 은퇴란 없다'. 라고 다짐한다. 우리 시계회원 중에는 나보다 오래된 몇 분이 없다. 그것도 수필과 시를 다 듣는 회원은 내가 제일 오래된 듯하다. 날마다 초심으로 돌아가려는 나의 작은 의지이다.

처음 시작할 때 마음을 초심이라 한다. 시작할 때 마음을 잃지 않는 것이 가장 중요하다고 생각한다. 많은 사람들이 처음에는 열심히 시작했지만 처음 마음을 잃을 때 뒷심이 부족하여 뜻을 이루지 못하게 된다. 가을이라도 된서리가 내리기 전에는 초심을 간직해야 뒷심이 따르게 마련이리라. 나도 처음보다는 많이 부족하다. 처음에는 매주 수필 한편씩은 발표했는데 요즈음은 한 달에 한 작품이다. 초심을 잃어가고 있다는 반증이다. 고비는 한 권의 책을 내고 난 후는 초심을 놓치고 있다. 마치 등산할 때 초입 작은 산의 한 정상을 밟은 교만이 아닐까 싶다.

내가 동네 농협에서 지도하는 서예반이 개설된 지가 벌써 10년이 되었다. 그동안 많은 이들이 붓을 들고 찾아왔지만 10년간 계속 나오는 분은 단 몇 분 뿐이다. 평생의 꿈이 서예라고 찾아온 사람 등도 3개월이 지나면 대부분 포기한다. 마음대로 되지 않기에 실망하고 돌아간다. 주로 여성이다. 그중 나보다 몇 살 더 많은 남성이 있다. 그는 젊은 시절 사업을 열심히 하여 탄탄한 재력을 갖춘 듯한 분으로 열심히 나오다가 중단한 분이다. 며칠 전 심각한 표정으로 손에 무겁게 짐을 들고 찾아 왔다. 본인이 고운 자게 상자에 넣어둔 손때 묻은 벼루와 먹, 그리고 붓 등 꺼내 놓으며 여러 번 생각해 봐도 더는 붓을 들 수 없다는 결론으로 지도해 주신 선생님께 드리고 싶다는 것이다. 아직 더 쓰실 수 있다고 권고했으나 막무가내다. 그동안 선물 받은 유명한 국내 작가의 작품을 포함 한 보따리를 안겨 준다. 받아든 나의 마음은 참작하다. 나와 또래인데 노쇠를 탓하며 붓을 놓다니 그럼 나는 어디까지 갈 수 있을까 하고 자신을 돌아본다. 큰길까지 섭섭함을 달래며 그의 처진 어깨 뒷모습을 바라보는데 제법 서늘해진 바람 사이로 벗나무 가로수 잎새 중 유독 일찍 몇 개가 노랗게 단풍이 든 것이 눈에 띈다.

한 사람을 보내고 난 후 일주일 뒤 노인 한 분이 찾아왔다. 공손히 인사를 하고 청력에 이상이 있는지 내 의자 옆에 바짝 붙어 앉으며 서예를 하고 싶다고 한다. 서예 경력이 있느냐고 물으니 전연 없다고 한다. 서울에서 살다가 이곳에 아들이 먼저 와 살면서 아들 집 옆으로 이사 와 아들이 추천하여 찾아 왔노라고 한다. 연세를 물으니 웃으며 닭띠란다. 닭띠면 계산해 보니 86세. 그저께 그만둔 사람은 80세인데 그렇다면 여섯 살이나 더 연세가 많지만 시작하겠다고 찾아온 것이다. 공직 생활에서 정년하고 무대를 목동으로 정하고 노년을 나름대로 재미있게 보냈는데 이제는 서예를 배워 본인의 손으로 쓴 글씨를 남기고 싶다고 한다. 꿈이 있는 노인이다. 지필묵을 주문하고 얼굴을 조용히 관찰하니 흰머리에다 주름살 모두 노인이다. 그러나 눈에 생기가 흐른다. 아직도 여름인 양 가을바람 아랑곳하지 않고 푸른색으로 나부끼는 나뭇잎처럼 "천국에서 부르는 날까지 붓을 잡겠다"고 하는 말과 같이 그의 의지가 돋보인다. 돌아가신 모습을 창밖으로 내다보니 차를 직접 운전하고 젊게 간다.

나이를 속일 수는 없다. 그러나 나이에 얽매일 필요는 없다. 문제는 정신이다. 젊어서도 꿈이 없으면 노인이고, 나이가 많아도 꿈이 있다면 청년이라고 한다. 짧은 시간에 두 분을 만났다. 판단력이 있는 두 분의 생각을 나무랄 수는 없다. 그러나 인생, 내일을 염려하느냐 아니면 주어진 오늘 최선을 다하느냐는 것은 많이 다른 결과일 것이다. '이 나이에' 하면서 나이 핑계 댄다면 흘려보내는 세월이 아닐까? 이 나이에도 불구하고 나의 삶을 살찌우고자 노력한다면 그 결과는 크게 다를 것이다. 우리는 100세 시대에 이 가을이라도 떠나는 사람보다 결실의 계절을 맞아 다시 시작하는 삶으로 이 땅의 소명에 좀 더 충실하여 좋은 열매를 맺는 삶이 되기를 바라는 마음 저 파란 하늘이 된다.

박옥임

푸른 하늘, 청명한 바람이
솜사탕 같은 흰 구름으로 그림을 그리고 있지만
이 땅 위에 드리운 어둠의 그림자는….

시

약력

부산 출생. 성균관대 문과대학 교육학과. 2012 『문파』 시 부문 신인상 당선 등
단. 한국문인협회, 용인문인협회, 문파문학회, 시계문학회 회원. 저서 : 시집 『문
득』 공저 『오래된 젊음』 외 다수.

빈 방

옹골지게 차가운 시간
사방이 막힌 벽
덩그러니
하얗게 비어진 방

공중에 헛도는 기도문
아프다

생각의 전환

멀뚱멀뚱
팔다리 늘이고 휴식이라는 여유를 부려도
머릿속은 풀리지 않는 갑갑함으로
그 시간조차 온전히 가지지 못한다

조여드는 삶 가운데
반짝 깨우던 쉼도 잃어가고
파김치가 되어 가는 몸
눈 크게 뜨고
생각을 열어야 하는데
사막을 헤매는 듯한
막막함

창밖에는
푸른 나뭇잎이 팔랑거리고
새들은 활짝 날개를 펴고
하늘로 비상하고 있다

순간
야위어가는 마음에 비치는 오아시스

다시 추스른
촉촉한 여유의
시간

설레임

눈 녹은 바람
아직도 쌀쌀히 불어
묵묵히 견디며
지내고 있는 시간

그렇게 몰아쳤어도
완연히 풀어지는 하늘 아래
가지마다 도톰히 입술 내밀고 있는
움들
고요히 누운 마른 풀들 사이로
여기저기 꼼지락, 꼼지락
들린다

아침 햇살
잔잔하게 피어오르듯
속살거리며 일어나는 너와 나
봄 아지랑이

한 낮

한바탕 쏟아진 소낙비에
마른목 축인 숲
새들 왕성하게 풀무질하며
풀들 신나게 춤추는데
구름 밀고 온 불같은 태양
가운데 자리 잡고 섰다

뜨거운 열기에 풀들 숨죽이고
새들도 소리를 죽인다

언제 떠날까

가지 사이사이
깃들어 엎드려
매운 시간 견딘다
아, 시원한 빗줄긴 언제

어느 날 아침

햇살이 가득히
아침을 열고 있다

고단했던 마음 햇빛 한 줌으로
스르르 녹아내리고
가벼워진 공기로
가슴이 부풀어 오르며
그날이 그날 같던 나날들에
창에 가득한 빛살과 푸른 바람으로
순간에
새로운 날로
맞을 수 있음이 경이롭다

흔들리는 가지 끝, 뿌리에 이르도록
곳곳에 들러붙은 고통의 조각들
빛 알갱이들이 와르르 감싸 안고 바스러져
바람 불어 휘이 날려 버린다

바람과 햇살 화안한 맑은 아침

최완순

잘도 간다 1년이⋯. 기어이 오겠지 1년이⋯.

약력

안양대학교 국어국문학과 졸업. 계간 『문파문학』, 수필, 시 등단. 저서 : 수필집 『두릅 순 향기, 일곱 살 아이』(2012), 『꽃삽에 담긴 이야기』(2014). 시집 『네 눈 속에 나』(2019). 수상 : 시계문학상 수상. 사단법인 한국문인협회, 용인문인협회 회원. 사단법인 한국수필가협회 운영이사 역임. 문파문학회 부회장 역임. 시계문학회장 역임. 2014년 경기도 용인시 창작지원금 수혜. 2019년 경기도 용인시 창작지원금 수혜.

살갗이 시리다

내 기억 속에 살 내음이 향긋하다

눈동자 속 무덤 파놓고
바스스 떨던 미소
눈비에 젖듯 빛바랜 숨소리
손등에 핀 검은 꽃 이별의 씨앗 품고

모든 문을 닫고
통로를 잃은 말은
유령처럼 떠다니는데
삶은 블랙홀 속으로 빛을 잃었다

긴 침묵으로 쏘아 올리는 그리움
오늘도 보고 싶다

내 기억 속 벗은 살갗이 시리다

이유

이룰 수 없는 사랑
그리움이 토해놓은 망부석

짝사랑
깊은 밤 문창살에 비친 여인의 그림자

참사랑
미움 지우고 거울 보는 용서의 낯빛

우리의 사랑
조건 없이 취해 사는 것

인고 –새 어머니

맷돌 끌고 길 걸어온 그녀
어린 입술들 시어머니로 모시며
질경이 같은 반평생을 살았다
민들레 씨앗 털듯 하늘 날고 싶었을
궁궐 속 이름 없는 꽃
애먼 믿음 검게 물들까
귓속에 박힌 투정 흔들지 못하고
입속에 가득 담긴 쓰나미 내뱉지 못하고
하늘만 바라본다

잘못 매듭진 인연 꽃잎 질 때까지
앙가슴에 십자가 끌어안고
쓰디쓴 현실 주님의 보혈로 마시며
사나운 삶 고개 떨군다

끌고 온 맷돌 성수로 닦아 다시 옆구리에 낀다

어느 사이
웃고 있다
손에 난 핏자국 어루만지고 있다

기다림은 꿈을, 사랑을,

살아 있는 생명체는 기다림의 굴레 안에서 매일을 살아간다. 봉선화 꽃 씨앗이 터지는 탄력이 손끝에 머무는 순간처럼 기다림은 꿈과의 짜릿한 만남의 전율을 느끼게 한다. 우리의 기다림은 애절한 운명론을 듣는 것처럼 심장의 촉수를 세우며 두려워 떨기도 하고, 환희에 울기도 하고, 분노에 좌절하는 아픔을 토하기도 한다. 자연의 생태계도 봄을 기다리면 마른 가지에서 꽃순을 터트리며 잊지 않고 꽃을 피운다. 기다림에 절대 순응하고 순응하는 자세는 우리들 삶을 영글게 하며 생성의 힘을 준다. 하여 기다림은 꿈이기에 미래 지향적인 관계를 가지고 우리의 삶 속에 존재한다. 이러한 것들이 오늘을 탄력 있게 살아가게 하고, 기다림, 그것은 희망과 사랑과 용서를 담는 꿈으로 인생을 창출하게 한다.

한 송이 국화꽃을 피우기 위해
봄부터 소쩍새는 그렇게 울었나 보다

한 송이 국화꽃을 피우기 위해
천둥은 먹구름 속에서
또 그렇게 울었나 보다

그립고 아쉬움에 가슴 조이던
머언 먼 젊음의 뒤안길에서
인제는 돌아와 거울 앞에 선
내 누님같이 생긴 꽃이여
노오란 꽃잎이 피려고

간밤엔 무서리가 저리 내리고
내게는 잠도 오지 않았나보다
  – 서정주 「국화 옆에서」 중에서

서정주 시인의 「국화 옆에서」를 읽으면 기다림의 인고가 가슴에 저려 온다. 시는 읽는 사람의 관점에서 해석을 달리할 수 있다. 이 시 속에 내재 되어 있는 의미는 꿈을 실현하기까지의 기다림이다. 인격체가 완성하기 까지 오랜 시간 속 방황과 시련을 거쳐 원숙해진 자신을 세월이라는 거울 을 통해 뒤돌아보는 자성의 성찰을 말하고 있다. 결실을 얻기까지 기다림 의 울음이 있고, 기다림의 아쉬움이 있고, 기다림의 설렘을 안고 꿈을 실 현하는 시어가 주는 시상 때문에 「국화 옆에서」를 좋아한다. 기다림은 시 속에 내장되어져 우리의 가슴에 송곳처럼 꿈을 삽입하며 아름다운 미래 를 기다리게 하는 여운을 남긴다.

봄이 오면 땅속에 숨어 햇살과 만남을 기다리든 새싹들은 여린 속살을 드러내며 물먹은 모습으로 삐죽이 나오기 시작한다. 생명이다. 모든 꽃들 은 기다림 없이는 꽃을 피울 수 없다. 길가에 피어 있는 민들레 꽃도 기다 림 속에 솜 털 같은 씨앗을 날리며 계절의 순환을 반복한다. 매화는 추위 속에서 모진 바람을 맞으며 봄을 기다려 왔다. 기다림이 있었기에 꽃비를 맞으며 메마른 가지에 꽃망울을 터뜨릴 수 있는 수액을 뿌리로부터 공급 받는다. 설익은 봄바람을 맞으며 매화는 아름다운 자태를 뽐내듯 피어나 사람들에게 미소를 짓게 한다. 매화의 기다림은 꽃을 피우는 것만은 아니 다. 꽃이 떨어지면 매실 열매가 달려고 그 기다림은 생명에 힘을 준다.

생명의 탄생과 죽음이 수레바퀴처럼 맞물려 돌아가는 생사의 순간에 도 기다림이 있다. 새로 태어나는 생명의 환희, 죽음 뒤엔 잊혀야 하는 아품, 사람들은 기억에서 잊혀지지만 영혼은 가야 할 곳이 있다는 기대감으로 죽음을 맞이한다. 종교를 가지고 있는 사람은 천국 문을 들어서는 기다림을 안고 살아간다. 종교가 없는 사람들은 흙으로 돌아가는 안식을 기다리며 산다. 낙화해 떨어지는 빗물도 호수에 떨어지면서 물보라를 그리며 호수를 만들고, 호수 물은 강물이 되어 바다로 흐르고, 흐르는 바닷물은 수증기가 되고 또다시 빗물이 되어 기다림을 안고 자연은 윤회한다.

옛사람이 되어버린 사랑하던 사람이 그리워 행여나 찾아오기를 기다려진다는 여인의 눈물이 생각난다. 영혼을 맡기고 싶었던 사람, 눈을 보고 사랑을 확인하고, 살을 만지며 정을 나누고 싶었던 사람, 그 사람이 그리워지는 추억 때문에 새로운 사랑을 가슴에 안을 수 없는 아픔이 있다고 눈을 적신다. 추억의 끈을 놓지 않고 있으면 다시 찾아올 사랑이 다가와도 앉을 자리가 없다. 하여, 옛사랑에게 하얀 속옷을 입혀 기억 밖으로 떠나보내야 한다. 지워지지 않던 사랑의 기억도 기다리면 언젠가는 잊어지게 된다. 사랑은 옮겨가며 진실한 사랑을 할 수 있는 것이기에 기다림은 사랑의 시작이다.

기다림이 없는 공간은 없다. 내가 살고 있는 내 가정도 무엇인가 끊임없이 기다리며 살아간다. 남편의 사업이 번창하기를 바라는 기다림, 아이들이 행복하게 살아가기를 기도하는 기다림, 낯선 곳을 향해 여행을 떠나려고 준비하는 기다림, 기다림의 연속이다. 기다림이 없다면 무미건조한 사람이 되어 버릴 것이다. 영화 〈혹성탈출〉 속에서 뇌를 빼앗긴 사람들처럼 희망도 웃음도 잃은 사람으로 살아갈 것이다. 기다림은 생성하는 것이요, 새로운 인연에 대한 기대감이며, 미래를 설계하는 꿈이다. 인생은 숨을 쉬고사는 그것 자체가 삶 속에서 무엇인가에 대한 기다림의 연속이다.

헤아리는 마음으로

목욕탕 안에는 제각기 거울 앞에 서서 머리를 말리는 사람, 스킨을 바르는 사람, 옷을 입는 사람, 모두가 상기된 얼굴이 상쾌하게 보인다. 깨끗한 피부는 봄비에 젖은 꽃송이같이 모두들 촉촉하다. 젖은 머리칼을 애교스럽게 매만지며 탄력 있는 몸을 거울 속에 담아 본다. 목욕을 마친 몸과 마음은 하루의 일상을 정화수 물에 헹군 것처럼 정갈하다. 치장을 끝내고 친구와 거울 앞을 떠나 사물함 쪽으로 옷을 입으려고 다가간다. 목욕을 하고 막 나온 기분처럼 매일 산듯하면 짜증 나는 일이 없을 듯 경쾌하다. 그러나 뜻하지 않은 일로 정화수 물로 깨끗이 헹군 몸을 잿더미에 던져 놓은 느낌이다. 그리고 나는 오늘 마음에 상처를 받았다.

사물함 앞에 서서 머뭇거린다. 순간 알 수 없는 느낌이 시야에 들어온 것이다. 문이 잠겨져 있지 않고 사물함 문이 조금 열려 있다. 머릿속에선 이상하다고 느끼는데 이미 손은 문을 열고 있다. 분명히 탕 안으로 들어갈 때는 문을 잠갔다. 문이 잠기지 않으면 열쇠가 빠지지 않게 되어 있다. 무엇인가 잘못되었다는 생각에 머리를 기둥에 부딪친 것 같이 어찔한 느낌이다. 급하게 손으로 옷가지를 더듬는다. 작은 손가방이 없어진 것을 발견한다. 그래도 믿어지지 않아 또 한 번 뒤적여 본다. 핸드폰과 귀중품을 넣어 놓은 작은 손가방이 없어졌다.

사람들이 내 주위에 다가오며 걱정들을 해준다. 마치 재미있는 구경이라도 난 듯이 입술은 달콤한 말을 하고 눈빛은 호기심에 반짝거리고 다정한 친구처럼 내 곁에서 그늘진 얼굴로 서있다. 순식간에 일어난 상황이라 옷을 입을 사이도 없이 사람들의 시선이 맨몸 위에 거미줄처럼 감아버렸다. 그들의 시선이 없다면 마음에 평정을 가지고 일을 차분히 처리할 것 같은 데 어수선한 환경은 더 당황하게 한다. 모두들 조용히 눈으로 마음으로 내 마음을 헤아려 주면하는 바람이 있었다.

신용카드를 분실 신고를 해야 된다며 친구가 내 얼굴을 들여다본다. 잊고 있던 친구가 거기에 있었다. 반가웠다. 어쩔 줄 모르는 감정을 보이지 않으려는 나에게 친구가 핸드폰을 내민다. 의지할 수 있는 친구가 여기에 있다는 것은 손가방을 찾은 것같이 기뻤다. 혹시 어디엔가 있을 것만 같은 바램에 카드 신고를 하기 전에 확인하기 위해 나의 핸드폰 번호를 누른다. 전화기가 꺼져 있다고 말한다. 그 순간 잃어버린 핸드폰과 신용카드가 내 곁에서 사라지는 절박함을 깨닫는다.

내 손에 익숙하지 않은 핸드폰은 자꾸만 오타를 치며 통화 오류가 난다. 차분한 내 성격이 갑자기 울고 싶은 혼돈이 온다. 나도 겁먹고 있는 것이다. 신고는 무의식 속에서 처리를 했다. '열쇠를 카운터에 맡겼는데 왜 문이 열려 있었지?' 그 때서야 열쇠의 행방을 친구와 함께 추리해본다.

목욕을 하는 도중에 우유나, 샴푸가 필요하면 매점에서 구입을 하고 사물함 열쇠를 맡겨야 한다. 사람들이 목욕이 끝난 후 돌아갈 때는 계산을 잊고 나가기 때문이다. 물이 흐르는 맨몸으로 락카에 가서 돈을 꺼내는 것이 번거로워 거의 키를 매점에 맡긴다. 오늘 키를 매점에 맡겼다 찾아 의심의 범위가 커졌다. 나는 목욕탕 안에 2시간 동안 목욕하고 있다가 나와서 우유를 사고는 돈 대신 열쇠를 맡기고 다시 탕 안에 들어갔다. 그 후

1시간 후에 목욕을 끝내고 키를 받았다. 목욕은 3시간 동안 했다. 그렇다면 1시간 동안에 매점에 맡겨 두었던 키에 문제가 있고 맡기기 전 목욕하던 2시간 동안 이루어진 일이라면 전문 털이범 소행으로 보인다.

친구는 열쇠를 매점에 맡기기 전 누가 탕에 들어와서 나의 키를 가지고 나가 가방을 훔치고는 다시 탕 안에 들어와 바구니 속에 키를 넣었다고 주장한다. 목욕탕 사람들의 소행으로는 친구도 나도 생각하지 않았다. 그러나 나는 친구의 생각에 동의하지 않고 다른 키로 열었을 것이라고 의견이 엇갈렸다. 그래도 친구는 가지고 갈 수 있는 확률을 높이 보고 키는 어디에 있었느냐고 묻는다. 매점에 맡기기 전에는 목욕 도구가 들어있는 바구니에 있었다고 말했다. 그 순간 "네가 잘못했어 열쇠는 손목이나 발목에 차고 있어야지!" 친구의 말에 궁지에 몰린 나는 정당성을 찾아내려고 허둥거리며 당황했다. 사실 친구의 말을 긍정하면서도 감히 누가 열쇠를 가지고 나갔다 다시 가져다 놓는 대담성이 있겠는가 의심을 하고 싶지 않았다.

사람의 인심이 모두가 각박하지는 않다. 몇 명의 나쁜 사람 때문에 전부들 긴장하고 세상을 어둡게 보는 것이다. 한 명의 도둑을 열 명이 지키지 못한다고 경계하고 관리해도 당하려면 어쩔 수 없는 것이다. 천하태평인 나의 성격 탓에 핸드백을 잃어버릴 뻔한 적이 여러 번 있었다. 쇼핑을 하면서도 아무 곳에 놓고 매장을 돌아보고, 의자에 앉아 있다가 몸만 갈 때가 있었다. 그러나 부주의로 물건을 잃어버리지는 않았다. 나쁜 사람보다는 좋은 사람이 더 많다는 것에 감사했다. 계획적인 범행이 아니면 세상은 힘들기만 한 것은 아니다. 어쩌면 이 일로 조심하라는 경고로 받아

들일 수 있지만 내 맘을 헤아리지 않는 친구의 말에 기분이 어둡다. 잃어버린 것과 훔친 것은 다르다. 훔친 손가방은 돌아올 수 없는 곳에 가 있고 나의 핸드폰은 주인을 잃어버리고 침묵해야 하는 위치에 있는 것이다.

집에 들어와 카드사에 확인 전화를 했다. 그동안에 카드를 사용한 것은 없는지 제대로 신고는 되어있는지 궁금했다. 의외의 답변이 들린다. 오늘 날짜로 귀금속 집에서 47만 원을 결제하고 취소했다는 것이다. 오늘 물건을 산 적이 없고 6시에 분실신고 한 카드라고 서둘러 말한다. 카드는 3시 17분에 사용하려다 금방 주인의 날카로운 주의력에 들키고 범인은 카드를 놓고 도망쳤다고 한다. 카드는 경찰서에 보관되어 있다고 찾아가라고 말해준다. 내가 목욕탕에 들어간 것이 2시 30분 경이다. 40분 동안 이루어진 일이다. 열쇠를 맡기기 전 누군가 홀에 있다. 내가 탕 안에 들어간 것을 알고 바로 문을 열고 가져간 것이다.

나의 사건이지만 호기심이 머릿속을 어수선하게 만든다. 우선은 카드를 찾았고 금방 주인의 침착함에 금전손해도 보지 않았다. 기쁨을 전하려 친구에게 전화를 한다. 이제는 내가 나 자신의 관람객이 되어 장황하게 떠들어댄다. 잃어버린 것을 찾은 행운을 친구와 함께 나누고 싶어서였다. 친구도 신이 났다. 나보다 더 강한 호기심은 이제는 찾았다는 마음에 거리낌 없이 질책의 화살이 나에게로 또 쏟아졌다. "우리끼리 말이지 이건 네가 잘 못한 거야." 위로 받으려던 마음이 비 맞은 참새처럼 목을 웅크리고 눈만을 껌벅인다. 열쇠는 가지고 있어야지 소쿠리에 담아 놓으면 가지고 간다며 몸에 지니지 않은 나의 잘못이라고 주장한다.

시간차를 보면 내 열쇠를 가지고 나가서 사물함을 열고 범행을 한 것이 아니다. 억울한 마음에 다시 설명을 한다. 그러나 친구는 끝까지 내 잘못이라고 오히려 나를 설득하려 든다. 위로받으려던 마음이 죄를 진 것 같은 느낌이다. 내 마음을 헤아리지 못하는 친구가 야속하다. '잃어버린 것은 난데…' 억울한 마음을 감당하려니 자꾸 눈물이 난다. 조용히 수화기를 내려놓으며 '이왕이면 내 편이 되어주면 안 되나…' 친구의 허물없는 조언이 상대를 헤아리는 마음으로 포용력이 있으면 더 좋겠다.

이홍수

어쩔 수 없이 사회적 거리는 두었지만
마음만은 어느 때보다 가까이 있고 싶었습니다.

약력

경북 김천 출생. 동국대 국문학과 졸업. 중등학교 교사 역임. 계간 『문파문학』 수
필 부문신인상 등단. 한국 문인협회, 동국문학인회, 용인 문인협회 회원. 시계문
학회 회장. 시계문학상 수상. 저서 : 수필집 『소중한 나날』.

여행

　　며칠째 장마 비로 집안에 갇혀 있었다. 오후부터 빗줄기가 점차 약해지더니 잠시 멈추는 것 같아 얼른 창밖을 내다보았다. 빗줄기는 보이지 않았지만 낮게 드리운 먹구름들은 금방이라도 비를 쏟아부을 듯 꿈틀대고 있었다. 하는 수 없이 걷기를 포기하고 기다리다 저녁 늦게야 길을 나섰다. 서서히 어둠이 내려앉는 아파트 내리막길에 들어서자 시커먼 먹구름 사이로 선홍빛 노을이 휘감기 듯 불타는 광경에 나도 모르게 발길을 멈췄다. 문득 노을이 유난히 아름답던 여행지를 떠올리며 훌쩍 길을 떠나고 싶다는 충동이 일어났다.

　　젊은 날은 아직 아이들이 어리다는 핑계로 선뜻 여행을 떠나지 못했다. 아이들이 제법 자라서도 본인이 아니면 집안이 하루도 돌아가지 않을 것 같은 착각 속에 좋은 기회를 여러 번 놓쳤다. 비교적 일정이 짧은 국내여행도 피치 못할 경우에만 다녔다. 더구나 외국여행은 기간이 길고 절차가 까다롭다는 생각에 망설였다. 가끔은 바보처럼 못난 자신을 자책하면서도 새로운 도전에 대한 두려움으로 우물 안 개구리처럼 살았다. 1989년 1월부터 해외여행 자유화가 시행된 후 온 나라가 급속하게 해외여행 붐이 일어났다. 오십 대에 진입한 후 동창 모임과 사회 모임에서도 해외여행 일정이 빈번하게 잡혔다. 어쩔 수 없이 거리가 짧은 해외여행 코스부터 용기를 내어 따라나섰다. 처음에는 미지에 대한 기대보다 집을 떠난다는 쓸데없는 걱정이 앞섰다. 한두 번 여행이 거듭될수록 서서히 여행의 의미를 느끼기 시작했다. 행선지가 정해지면 제일 먼저 여행 일정에 따라 그곳의 역사와 기후와 환경을 두루 알아보는 여유도 생겼다. 여행은 아는 만큼 보이고 즐길 수 있다는 말이 진리다. 정보를 참작하며 꼭 필요한 짐을 하나하나 꾸리면서부터 마음이 설레기 시작한다. 지금 생각해보면 가장 여행을 많이 떠난 계절이 여름이었다. 남편들이 각자의 직장에 여름휴가를 맞추어 여행 일정을 잡기 때문이다. 여름 여행을 다녀보면 해가 길어 관광하기에 여유가 있고 옷들이 가벼워서 짐이 훨씬 간편한 이점이 있었다. 처음 해외여행을 다닐 때는 생경한 여러 나라의 모습들을 직접 눈으로 보고 체험하는 과정이 그저 신기하고 좋았다. 또 나라를 떠나봐야 애국자가 된다는 말이 있듯이 어딜 가나 마음 한쪽은 항상 내 나라가 도사리고 있었다. 한국 제품의 광고만 봐도 자랑스럽고 어쩌다 여행지에서 한국 사람을 만나면 생판 모르던 사람도 한핏줄을 실감하며 더없이 반가웠다.

몇 달째 코로나 팬데믹으로 어느 곳이던 자유롭게 여행을 떠날 수 없게 되었다. 갑자기 여행길이 막힌 요즘 답답한 여행 마니아들의 마음을 달래주는 기발한 마케팅이 선보이고 있다. 비행기를 타면 제일 먼저 기대되는 기내식 도시락을 편의점에서 출시하고 있다. 기내식 도시락을 먹는 동안만이라도 여행하는 기분을 느껴보도록 배려한 아이디어다. 당분간 해외여행이 단절된 이번 여름휴가는 여행의 그리움을 인터넷을 통하여 가고 싶은 곳들을 영상으로 볼 수 있는 랜선 여행 열풍이 불고 있다. 여행을 떠나지 못해 아쉬워하는 사람들이 실내에서 영상으로 가보고 싶은 곳을 보며 대리만족을 하며 힐링을 한다. 가끔 일상을 떠나 자신의 삶을 뒤돌아

보고 재충전할 수 있는 기회를 잃어버린 삭막한 날들을 위로하기 위한 발상이다.

지친 삶에 잠시 휴식을 위해 떠나는 여행이라면 어디를 가나 좋다. 매일 똑같은 일상을 뒤로하고 새로운 환경에 맞닥뜨린다는 자체만으로도 마음은 호기심으로 가득 찬다. 닫혀 있던 마음을 열고 곳곳에 보이는 사물과 사람들을 포용하는 과정이 여행이다. 때로는 여행 도중 예기치 않은 기후를 만날 수도 있고 부주의로 황당함을 겪는 일도 일어난다. 어쩌다가 여행 도중에 몸이 불편할 수도 있다. 어쩌면 여행은 우리들이 살아가는 삶의 축소판이다. 잔뜩 꿈에 부풀어 떠나지만 부딪치는 일들을 슬기롭게 잘 극복해야 오래도록 기억에 남는 소중한 추억이 된다. 살아오면서 가장 행복했던 기억들을 손꼽아본다. 남보다 조금 늦게 여행을 시작했지만 좋아하는 사람과 함께 20여 년간 여러 곳을 여행하며 보고 느꼈던 시간이라고 서슴없이 말하고 싶다. 지금도 언젠가 떠날 여행을 꿈꾸며 살아가고 있다.

위로가 필요한 시간

　간간이 비치는 햇살 사이로 습기를 머금은 후덥지근한 바람이 분다. 50여 일 동안 전국을 오르내리며 지루하게 비를 뿌리던 장마가 이제 서서히 물러서는 모양이다. 모처럼 온 집안의 창문을 모두 활짝 열었다. 제일 먼저 비와 태풍으로 온몸을 사정없이 부대끼고도 의연하게 서 있는 소나무와 눈이 마주쳤다. 나뭇가지 위에는 까치 가족들이 옹기종기 모여 앉아 시름을 잊은 채 쉴 새 없이 재잘거리고 있다. 얼마 만에 들어보는 경쾌하고 정다운 소리인가, 어지러운 세상에 한껏 젖어 있는 삶에 위로를 받는 시간이다.

　사방을 둘러봐도 어느 것 하나 쉽고 평탄한 길은 보이지 않고 복잡하게 엉켜있다. 어디서부터 길이 어긋났는지 곰곰이 되짚어 본다. 앞만 보고 너도 나도 쉴 새 없이 달리느라 주위를 살피지 못한 옹졸함이 낳은 비극이다. 좀 더 멀리 바라보고 아우르기보다 나와 내가 속해있는 주위만을 고집하는 이기주의가 되풀이되는 정치가들의 모습에 사람들은 분노하며 식상하고 있다. 요사이는 각자가 주장하는 의견의 차이로 어느 누구하고도 쉽게 대화를 할 수가 없다. 사랑하는 가족 간에도 세대적으로 모든 기호의 차이가 극심하여 섣불리 속마음을 털어놓지 못한다. 숨 가쁘게 달려온 피로감과 끝을 모르는 전염병 긴 장마와 태풍까지 한꺼번에 닥친 위기감에 사람들은 점점 지쳐가고 있다.

　TV 한 채널에서 여성들의 트로트 경연 대회가 시작되었다. 새로운 마음에 호기심을 가지고 시청했다. 얼마 후 다른 채널에서 남성들의 트로트 경연 대회를 열었다. 경연이 거듭될수록 시청자들의 반응은 뜨겁게 달아올랐다. 마침내 다른 채널에서는 다양한 분야에서 활동하고 있는 남녀는 물론 십 대 초반의 어린애들도 참가하여 마음껏 기량을 뽐냈다. 프로그램을 시청한 남녀노소는 불문하고 온 나라가 트로트 열풍으로 흠뻑 빠져 버렸다. 트로트는 누구나 쉽게 따라 부를 수 있고 가사의 전달이 잘 되는 장점이 있지만 한동안 가요 시장에서 밀려나 숨죽이고 있던 장르다. 여행이나 외출도 마음대로 할 수 없는 답답한 시기에 맞물려 채널을 돌리면 비슷한 트로트가 여기저기 흘러나온다. 잠시라도 혼란하고 고통스러운 세상을 잊고 위로받고 싶은 간절한 마음은 트로트 전성시대를 열어가고 있다.

남편이 투병하던 시기였다. 저녁 시간에는 될 수 있으면 거실에서 TV 시청을 함께하는 시간을 가지려고 노력했다. 한참 정규 방송을 보다가 내가 방으로 들어오면 남편은 곧바로 서부영화가 나오는 채널로 돌렸다. 엔니오 모리코네의 영화 음악 휘파람 소리와 채찍질 소리 말발굽 소리가 들리는 〈황야의 무법자〉, 〈석양에 돌아오다〉, 〈석양의 무법자〉 등을 늦은 시간까지 보고 있었다. 60년대 패기 넘치고 순수하던 학창시절에 처음 접했던 영화의 감동을 회상하며 아픔을 잊고 위로를 받는 모습이었다. 엔니오 모리코네 그도 올해 7월 초 자신의 부고를 미리 써 놓고 92세로 세상을 떠났다. 모리코네는 음악은 "삶이란 감옥에 갇혀 힘들어하는 모든 사람을 위해 건네는 위로주 한잔 같은 것"이라고 했다. 달콤하고도 따뜻했던 위로주를 사랑한 많은 사람들은 그를 애도하고 그가 남긴 무려 500여 편의 음악을 듣고 지금도 고달픈 하루하루를 위로받으며 살아가고 있다.

코로나19로 동창 모임도 뜸해졌다. 가끔 친구들과 통화하며 이런저런 대화로 단절된 정을 나눈다. 그동안 서로 맡은 일에 충실하느라 한 번도 객관적으로 우리를 바라볼 시간이 없었다. 이제는 70이 훌쩍 넘은 나이임을 꼭 말을 하지 않아도 서로가 온몸으로 느끼고 있다. 혹시 친구 중 누군가 깜빡하고 실수를 해도 아직도 함께 만날 수 있는 친구가 있음에 감사하자는 말이 절실하게 다가왔다. 현재의 삶이 비록 우리가 젊은 날에 꿈꾸든 삶이 아닐지라도 나름대로 최선을 다해 살아온 우리들을 서로 칭찬하며 바라보는 친구가 되자고 제안했다. 아직도 어깨에 못다 한 짐을 지고 힘들게 살아가는 우리들에게 서로를 인정하는 위로는 남은 삶에 꼭 필요한 시간이다. 프랑스 시인 폴 발레리의 시「해변의 묘지」중 "바람이 인다, 어쨌든 살아야 한다"는 마지막 연이 문득 떠오른다.

바다 같은 나이

오늘도 시간은 한 치의 오차도 없이 가고 있다. 미처 못다 한 일들로 발버둥 치며 붙잡고 싶어도 야속하게 뿌리치며 도망가는 시간은 속수무책이다. 무덥고 습한 장마에 지쳐 허우적대던 날이 엊그제 같은데 부쩍 높아진 파란 하늘에 아침저녁으로는 제법 싸늘한 바람까지 불어온다. 영화 '69세'의 주인공을 맡은 배우는 예순아홉의 나이는 작은 돌멩이 하나에도 퐁당퐁당 놀라는 개천이 아닌 "파도가 몰아쳐도 어느새 보란 듯 잔잔함을 유지할 수 있는 바다 같은 나이"라고 표현했다. 인터뷰 기사를 보는 순간 깊이 공감하며 예순아홉이 훌쩍 넘은 지금이라도 바다 같은 나이에 걸맞게 살아 보고 싶은 생각이 들었다.

성큼 다가온 가을을 맞는 마음은 상쾌함보다 왠지 모르게 울컥울컥 슬픔이 엄습한다. 시간이 가고 계절이 바뀌는 모습을 감동으로만 바라볼 수 없는 답답한 현실이 착잡하기만 하다. 나날이 내 삶의 퍼즐을 한 조각씩 무의미하게 잃어버린다는 상실감이 더 크게 다가오고 있다. 추석 명절을 앞두고 이런저런 잡념을 떨쳐 버리려고 날마다 묵은 집 안 청소를 하고 곳곳에 있는 커튼을 세탁해 다시 달았다. 하루는 안방 유리창을 닦다가 발을 헛디뎌 수 십 년째 아끼며 간직해온 스탠드 유리 갓을 깨트리고 말았다. 평소에 좀처럼 물건을 깨트리는 일이 없었다. 요사이 부쩍 모든 일이 예전같이 마음먹은 대로 몸이 움직여 주지 않는다는 걸 실감하고 있다. 스탠드 갓을 치우면서 아쉽지만 나와의 인연이 여기까지라는 생각을 하며 유리 조각에 다치지 않은 것을 감사하자고 애써 마음을 가라앉혔다. 아직은 몇 년 더 지인들과 여행도 다니고 보고 싶은 사람들도 만나 못 다한 정을 나눌 수 있으리라는 희망을 가졌었다. 팔십을 바라보는 나이는 자유롭게 활동을 할 수 있는 환경 속에도 앞으로 얼마 동안의 시간이 허락될지 아무도 예측할 수 없다. 뜻밖에 언택트 시기를 맞아 집안에 칩거하며 이런저런 대체 방법을 실천해 보지만 시간이 지날수록 몸과 마음이 피폐해지는 느낌이다. 원래부터 바깥출입을 썩 좋아하지 않고 집에 있는 시간을 편안하게 생각했었다. 막상 인위적으로 출입이 제약된 환경은 일상의 리듬이 서서히 무너지는 체험을 하고 있다. 집에서 오다가다 슬쩍 거울에 비치는 내 모습을 무심코 바라봤다. 거기에는 영락없는 친정어머니의 모습이 보였다. 반갑고 충격적이었지만 그동안 착각하고 사느라 나의 실체를 파악하지 못했다는 자괴감이 들었다. 이제는 눈앞에 닥친 어떤 불편한 진실도 모두 수용하는 과정이 나이가 감당해야 할 몫이라는 걸 깨닫는다.

동창 친구들을 만나러 오래간만에 모교를 방문했다. 십여 년 전 친구 남편의 정년퇴임식에 참석한 후 한참을 오다가다 먼빛으로만 지나치던 곳이다. 가는 곳마다 패기 넘치는 후배들이 있는 모교는 언제 와도 이런저런 감회로 가슴이 벅차오른다. 모교에 교수로 재직했던 친구의 안내로 교내 식당에 들렀다. 나는 식당 창가에 적당한 자리를 잡기로 하고 다른 친구들은 음식 주문을 하기로 했다. 한참을 지체하다 겨우 돌아온 친구는 키오스크 앞에서 주문하느라 힘들었다고 멋쩍게 웃었다. 요즘은 기차 예매도 찻집 주문도 극장표 예매도 키오스크로 하고 있다. 고령자들이 자주 가는 종합병원도 진찰실 입구부터 수납까지 키오스크를 사용한다. 그동안 익숙하게 사용하던 기계도 점점 서툴러지는 시기에 새로운 기계의 대면은 의욕을 위축시키는 장벽이 되고 있다. 빠르게 변화는 시대를 불편하게만 생각하고 점점 소외되는 모습은 슬프다. 생활에 꼭 필요한 부분은 마음의 문을 열고 적극적으로 배우겠다는 자세가 사회와 소통하는 지름길이다.

세상 모든 생물은 생성과 성장 퇴화라는 일정한 과정을 거친다. 사람들도 자연의 섭리에 따라 많은 변화를 거쳐 노년에 이른다. 나이가 들면 어쩔 수 없이 정신은 물론 신체적 약화로 사회의 적응이 점차 어려워진다. 이 시기는 제일 먼저 항상 부족하다는 생각에 채찍질하고 다그치기만 했던 자신을 있는 모습 그대로를 받아들이고 사랑하며 살아가도록 노력하고 싶다. 그동안 함께 애써 온 많은 날들을 감사하며 다독이고 자신에게 관대한 마음으로 하루하루를 평화롭게 보내는 연습을 해본다. 마음을 비우고 주위에서 일어나는 기쁨과 슬픔도 담담하게 받아들이는 깊은 바다 같은 나이로 여생을 보낼 수 있었으면 좋겠다.

김복순

황혼이 깃든다
시는
한 땀 한 땀 가슴에 새겨진
까마득한 옛일을 떠올리게 하며
위로가 된다

약력

원주 출생. 계간 『문파』 시 부분 신인상 수상 등단. 문파문인협회, 시계문학회 회원. 저서 : 공저 『오래된 젊음』 외 다수.

빗줄기 지나가면

물 구름 피면
눈 구름도 피네

바다길 달리는 차창 밖
하늘 바다 올려다 보네

까만 구름
흰 구름 업고 지나가네

햇님 빛 뿌리네

넓은 평야
노랑 고깔모자 쓰고
풍년 노래하네

메뚜기 팔딱 팔딱
고추잠자리랑 숨박꼭질 하네
참새들도 함께 놀자하네

허수아비
깡통 흔들며 오지 말라 하네

원점에서

빙빙 돈다
창밖의 고층빌딩 하늘을 가리고
빛조차 들어올 틈새가 없다
새들의 노래
계절의 향기 간 곳 없고
윙윙 자동차 소리뿐
코로나 여파로 손에 들린 전화기로
목소리 이어 가는 우정
마스크 입막음 동구 밖 나가면
서로 경계의 눈초리
이런 날 오게 될 줄이야
급속도로 지나가는 시간
바람처럼 날아든 소리 없는 전쟁이
가로막을 줄 생각이나 하였을까
하늘 창이 열리면
끝이 나겠지

도사리고 있는 아픔

내 앞길을 막아 못가네
오라 청해도
귀를 울려
따가운 귀부리 달아 주고
마음 울려 갈 수 없네
자나 깨나 가고픈 곳
갔다가 실망 할까봐
발걸음 한짐 달고 오게 될까봐
난 난
갈 수 없네
눈물 머금고 하소연 해봐도
아랑곳 하지않아 방황하며 멀어져 가네
등 돌린 후에야 돌이키라 톡톡 울리네
난 난
잊고 싶은데
얼굴 수심 걷어내고 환하게 웃고 싶은데
답을 전하지 않아도
날 놓아 주지않네

사흘 길

푸른잎새 봄내음 폴 폴

돌아오는 길
아카시 꽃등 밝히네

먼 발치 언덕위에 초가집
싸리대문 다다를쯤 담장너머
빨강 장미 맞이 하네

함밤 지새우고 길을 나서는 길목
봄바람 살랑 살랑
파랑 하늘

까망 구름
하양 구름 타고 오네

솔 솔 비 뿌리네

오는걸까

빠른걸음 다다른 곳 한바퀴
돌고 돌아보아도 보이지 않네

마음 한 켠 허전함이 스며들며
함께하지 못해 아쉬웠지만
힘들 땐 쉼을 얻는 시간도 가져야지

잠시 잠깐 눈 맞추고 헤어지고 만난 날들
밉다 곱다 토닥토닥 쌓인 정

추억만 남겨 놓고
떠나간 세월
이마에 굴곡진 주름 출렁출렁

축처진 날개 위에 사뿐이 내려앉은 손
기쁨의 웃음 소리
담장을 넘어 가네

정선이(박정희)

가을볕에
물들어진
나무들 사이에서
높이 올라진
하늘을
바라봅니다.

수필

동지같은 동서
동행
타향살이

약력

전북 전주 출생. 계간 『문파』 수필부문 신인상수상 등단. 한국 문인 협회 회원.
국제 PEN 한국본부, 시계문학회 회원. 저서 : 공저 『오래된 젊음』 외 다수.

동지같은 동서

　　막내 시동생 부부가 은퇴할 나이에 들어서자 하던 일을 접고 고향인 마산을 떠나 울산으로 삶의 터를 옮긴 지가 어느 사이에 다섯 해가 되어가고 있다. 울산 근교에서 교직 생활을 하고 있는 아들과 울산에서 아동 가족 상담 센터를 운영하는 큰딸, 큰딸과 같은 분야의 일에 종사하고 있는 둘째 딸이며 각자의 몫을 잘 감당하고 있어 노후를 큰 염려 없이 지내고 있던 동서 부부다. 늘 해 오던 대로 지난 추석에 안부 차 여러번 통화를 시도하였으나 전화를 받지 않았던 동서 부부의 소식을 접하게 된 것은 두어 달이 지나서였다.

　　"큰어머니, 어머니가 전화를 받지 않아 궁금하셨지요?"하며 막내 동서가 여러 달 전에 치매 진단을 받은 일과 충격을 받은 시동생이 보청기를 빼놓은 채 전화를 받지 않고 두문불출하고 있는 근황을 전하는 민수다. 담담하였던 그의 음성이 난감한 소식을 전하지 못하고 있던 누나들의 안타까운 마음을 전달할 때에는 흔들림이 역력하였다. 자녀들과 함께 명절을 보내려 해외여행이라도 떠났으려니 하는 생각을 무색하게 하는 소식이었다. 지난 8월에 큰 오빠를 마지막으로 친정 형제 모두가 돌아올 수 없는 길로 떠나간 후 광야에 홀로 남겨진 거 같았던 허전함이 다시 몰려오고 있다.

　　후덕한 모습의 동서와 한 가족이 된 것은 5남 2녀 가운데 셋째인 남편과 결혼하고 2년이 지나서다. 깻잎과 콩잎을 가지고 소나 먹이는 음식이라고 서로의 다른 음식 문화를 주장하던 시절이었다. 결혼이 남자와 여자의 만남으로 끝이 아니었다. 자라온 환경과 종교가 다른 가족의 일원이 된다는 것은 많은 노력을 필요로 하고 있었다. 명절이나 시댁 행사에 몇 번을 함께 하였음에도 서먹서먹함을 벗어나지 못하고 있을 무렵에 만나게 된 동서는 넉넉한 마음을 지니고 있었다. 마산에 내려가 머물 때에는 따뜻한 아침 식사와 잠자리며 이방인이었던 나에게 언제나 편안한 그곳이 되게 하여주고는 하였다. 다른 문화권의 가족들과 익숙하려고 노력하는 마음을 이해해주고 응원해주는 고마운 동서였다.

서로를 이해하고 마음을 편하게 나누며 동지 같은 동서로 지내던 30여 년 전이었다. "큰어머니 그 여자가 안방에 누워서 나갈 생각을 안 해요!" 시동생이 2년 동안 동서 모르게 한눈을 팔고 있던 여인의 무례한 행동을 전하는 조카딸의 음성이 다급함으로 떨리고 있었다. 마른하늘에 날벼락 같은 일은 동서의 가슴에 지울 수 없는 생채기를 내며 평온하였던 동서네 가정을 흔들고 있었다. 시동생에 대한 믿음이 산산조각이 나며 아픔과 외로움으로 할 말을 잊고 있는 동서와 두려움에 떨고 있는 조카들에게 어떠한 도움을 주지 못한 채 112에 무단 가택 침입자가 있다고 신고하라고 조언할 뿐이었다. 다행스럽게도 전화 신고에 그녀의 소동은 막을 내리고 시동생도 다시는 그녀를 만나지 않았다. 모든 것을 감싸고 품은 열두 폭 치마폭만큼이나 넉넉한 동서의 마음으로 평온을 찾으며 일상으로 돌아온 시동생과 조카들이었다.

가슴에 남겨진 생채기의 아픔을 얘기하는 동서와 나는 더욱 돈독한 동지가 되었다. 남편에 대한 불만은 물론이고 시댁 식구들에 대하여 주고받은 얘기는 한 번도 우리들의 담을 넘지 않았으며 수십 년 동안 비밀은 지켜 지고 있다. 네 명의 형들이 육십 세를 채우지 못하고 다시 못 올 길을 떠났거나 젊은 날에 외지로 떠나 혼자서 고향을 지키고 있던 막내 시동생이었다. 그의 곁에서 시댁의 중요한 행사를 연락하는 일과 사촌들은 물론 육촌들과의 연결고리가 되어주며 형제들의 빈자리를 지켜주었던 동서다. 자주 만나지 못해도 멀리서나마 곁에 있는 듯 마음을 나누었던 동지가 캄캄한 망각의 터널로 들어가는 병의 진단을 받았다는 것이 믿어지지가 않고 있다. 오진이기를 바라는 마음과 동서를 보고 싶은 마음이 교차되며 울산행을 결심하고 열차표를 예약한다.

동행

　　밤을 지새며 내리던 비가 멈추지를 않고 있다. 얼룩진 유리창 너머에 시선을 한동안 멈추고 있던 남편이 동의를 구하는 표정을 지으며 "빗줄기가 많이 가늘어지고 있지?"하고는 외출 준비를 서두른다. 많은 물건들을 넣을 수 있도록 호주머니가 구석구석 달려 있는 날씨와는 어울리지 않는 등산 조끼를 입고 현관을 나서는 남편의 손에는 기다란 우산과 함께 작은 쇼핑봉투가 들려있다. 산책길에 동행하는 K 씨와 함께 나눌 삶은 계란과 사과 등 간식거리가 담겨 있는 봉투다. 불가피한 다른 약속이 있는 날을 제외하고는 오늘 같이 을씨년스러운 날씨에도 그들이 산책을 계속하고 있는지가 일년 반을 넘어서고 있다.

　　K 씨와 남편은 이은상님의 시에 나오는 남쪽의 파아란 물이 손에 잡힐 듯이 가까이 있는 초등학교에서 어린 시절을 함께 보낸 사이다. 여름날이면 바다로 달려나가 자맥질을 하고 더위를 식히며 뛰어놀던 개구쟁이 시절에 휘몰아친 6·25 전란을 함께 보낸 그들이다. 친구들과 함께 뛰어놀던 운동장과 교실을 야전병원에 내어주고 마을 뒷산에 임시로 마련된 천막에서 공부를 하며 쌓아온 그들의 우정은 우열을 다투는 성적과 함께 중학교 고등학교까지 이어져 왔다. 태어난 강을 떠나 일생을 보내기 위하여 넓은 바다로 헤엄쳐 나가는 연어들처럼 마음에 품고 있던 대학에 입학하기 위하여 마산을 떠나 꿈이 기다리고 있는 서울로 향하면서 헤어진 그들이었다.

　　대학교를 졸업하고 원하는 직장에 취업을 하였지만 풍랑이 심심치 않게 일어나는 넓은 바다를 항해하는 것 같은 사회생활이었다. 등하굣길을 함께하고 어깨를 겨루며 공부하였기에 더욱 소중한 사이인 그들이었다. 지역적으로 멀리 떨어져 직장 생활을 하는 가운데도 틈틈이 만나 서로의 안부를 확인하고 격려하며 지내는 동안 몸담고 있는 직장에서 인정을 받는 위치에 오르게 된 그들의 머리에는 흰 서리가 내리고 있었다. 쏜살같은 시간이다. 50년 전 이루었던 가정에서 무탈하게 자라며 알콩달콩 지내던 자식들은 어느덧 장성하여 모두 둥지를 떠나고 부부가 함께 노후를 보낼 준비를 할 즈음이었다. 함께 여행을 하고 식사를 하며 소소한 가정 얘기를 나누었던 K 씨의 아내가 그의 곁을 떠난 것이다.

가슴 아픈 소식을 접한 지가 4년이 지나고 있었다. 아내를 다시는 돌아올 수 없는 곳으로 보내고 그동안 찾아온 질병과 함께 홀로 지내고 있던 K 씨가 가까운 곳으로 이사한 것은 2년 전이다. 광교에 살고 있는 그의 장남 부부의 오랫동안 설득하여온 진심 어린 효심에 혼자 지내겠다는 고집(?)을 내려놓고 아들 집 가까운 곳으로 옮긴 그와 함께 산책을 시작한 남편이다. 최선을 다하여 온 항해 길에 기다리고 있는 것은 석양을 바라보는 나이와 고장 난 몸이었다. 점점 기억을 잃어가고 있는 K 씨와 날로 쇠약하여지는 남편은 남한산성을 비롯하여 가까운 곳에 위치하고 있는 산들을 오르기도 하고 때로는 K 씨의 기억을 돕기 위하여 그의 아내와 함께 다녔던 곳을 방문하기도 하며 건강을 유지하려고 노력하고 있다.

오늘도 그들은 봉투에 담겨있는 간식과 맛있는 점심을 나누고 긴 우산 속에서 어깨동무를 하다가 때로는 손을 잡고 산책을 하며 cafe에 앉아 기억 가운데 남아있는 소년 시절의 얘기들을 진지하게 나눌 것이다. 해 질

무렵에 현관문을 열고 들어설 때면 어김없이 "안 되었어. 많이 똑똑한 S였는데 어제 먹었던 음식을 기억하지 못해." 하는 남편이다. 그럴 때마다 나는 "나이 들면 다 그렇지요, 거기서 거기에요." 하며 한마디 훈수를 던지며 귀가를 반기고는 한다. 기회가 있을 때마다 친구가 더 똑똑하였다고 서로를 치켜세우는 K 씨와 남편이다. 태어난 곳으로 돌아가는 연어들처럼 지친 모습이지만 소년 시절의 추억을 붙잡고 동행하는 그들의 정겨운 산책길을 응원한다.

타향살이

　　시애틀에서 직장 생활을 하고 있는 조카딸을 방문한 것은 작은 언니가 하늘나라로 떠나기 일 년 전이다. 뉴저지에서 생활하고 있는 큰 아들네와 함께 연말 휴가를 보내고 귀국하는 길이었다. 16살의 해맑던 나이에 서울을 떠난 그녀와 30년 만의 만남이다. 그동안 홀로 지내다가 형부와 사별한 언니와 함께 생활하고 있는지 몇 달이 안 되고 있는 그녀. 입국 수속을 끝내고 짐들을 정리하고 있으려니 반가운 음성으로 "많이 피곤하시죠?" 하며 다가오는 그녀는 여행하며 생각하였던 모습보다 더 의젓한 커리어우먼career woman의 되어 금융회사의 Computer Programer로 일하고 있었다.

　　동부에 있는 도시들과는 달리 낮은 키의 건물들을 지나 집으로 가는 도중에 갑자기 운전을 멈추고 자동차를 도로변 가까이에 정차하고 있는 그녀였다. '자동차에 문제가 생긴 것인가?' 하며 대처해야 할 생각들을 정리하는 사이에 다른 자동차들이 뒤따라 멈춘 넓어진 도로를 따라 911 응급 자동차가 지나가는 것이 보이는 것은 잠시 후였다. 그녀가 아주 멀리서 들리는 사이렌 소리를 제일 먼저 듣고 차를 세운 것이다. 대학을 졸업하고 15시간 동안 초행길을 운전하여 첫 직장을 구한 일이며 쉽지 않았던 그녀의 지난날들이 차창 밖으로 파노라마처럼 펼쳐지는 순간이다.

　　저 멀리 빌 게이츠의 집이 보이는 다리를 지나 아파트에 도착하니 오랜 시간을 그녀와 함께하여 온 피아노와 가구들이 손님을 기다리고 있었다. 그녀를 닮은 아늑한 거실과 잘 정돈된 정갈한 주방이며 이곳저곳을 놀라움으로 둘러보다가 현관 한쪽에 서 있는 독특한 물건에 눈길을 멈추게 되었다. 이중으로 잠그게 된 문을 다시 한 번 더 단단하게 막기 위하여 알루미늄으로 만들어진 두껍고 기다란 봉이었다. 스스로를 지키기 위한 흔적과 함께 그녀의 절제된 생활을 보여주는 필요한 옷 몇 가지로만 반쯤 채워져 있는 옷장을 보며 대견함과 안쓰러움이 교차되며 지나가고 있었다.

그녀의 어깨를 토닥이며 "계영이 이렇게 자리 잡을 때까지 많이 외롭고 힘들었겠네." 하니 외할머니의 발톱을 손질하던 소녀 시절의 눈망울이 되며 그렁그렁해 진다. 그녀의 흔들리는 눈망울 위로 뉴저지에 있는 큰아들의 얼굴이 스치고 지나가며 가슴에서 뜨거운 것이 울컥 올라온다. 기업과 대학에서 주는 장학금만으로 유학 생활의 외로움을 견디며 공부하였던 큰아들 얘기와 그동안 만나지 못했던 사촌과 친지들의 얘기들을 다 풀어놓기에는 아쉬운 사흘 밤이었다. 언니가 심장마비로 쓰러져 응급실에 입원하였다는 소식을 접한 것은 짧은 만남에 다시 만날 것을 약속하고 떠나온 지 오래지나 않아서였다.

퇴근길에 거실에 쓰러져 있는 엄마를 발견하고 혼자서 감당해야만 하였던 모습이 선명하게 다가오는 그녀의 안타까운 전화를 받은 며칠 후였다. 그녀와 함께 머물지 못하였음을 자책하는 이모를 위로하려는 듯 미국행 e-ticket을 보내온 그녀다. 어머니를 보살피기 위하여 회사 가까운 곳으로 거처를 옮긴 그녀였지만 몇 달을 넘기지 못하고 하나님의 부르심을 받은 언니였다. 마음의 허전함을 내려놓지 못하고 있는 서로를 위로하고 있을 무렵에 몇 달간 직장을 쉬고 있던 그녀로부터 제법 알려진 금융회사에서 Computer Programer Manager로 일하게 되었다는 소식이다. 오랜 타향살이에 어머니마저 하늘나라로 보낸 외로움을 이겨내고 우뚝 선 그녀와 뉴저지에서 연구 활동을 하고 있는 큰아들, 주님께서 항상 함께하여 주실 것을 믿으며 기도한다.

심웅석

인생 정리도 되고 치매도 예방되고,
독자의 반응이 올 때는 '살아 있구나!'
– 그래서 계속 쓰는가 보다

시

詩를 쓰면서
11월에
들무리 사냥꾼

수필

거실의 안락의자
너무 겁주는 것은 아닌가

약력

2016년 계간 『문파』 시 등단. 저서 : 시집 『시집을 내다』(2017 용인시 창작지원금 수혜), 『달과 눈동자』. 수필집 : 『길 위에 길』 『친구를 찾아서』 외 공저 다수. 수상 : 2020년 13회 문파 문학상 수상. 한국문협회원, 문협, 용인지부회원.

詩를 쓰면서

중천에 말갛게 떠 있는 달과
갈 하늘에 자유롭게 반짝이는 별들을
수없이 끌어다 쓴 죄

곱게 피어있는 장미 국화 코스모스
들꽃들을 언급하여 귀찮게 한 죄

가을이면
낙엽을 밟으며 단풍을 노래한 죄

이 자유로운 친구들을 끌어다
무작정 이용한 죄,
모두 사赦하여 주소서

11월에

누렇던 황금 들판 간 곳이 없고
텅 빈들에는
소먹이 짚단만 외롭게 뒹구네

고향 마을 길목에는
찬바람 불어와 옷깃에 스며들고
조각난 기억 속에 길을 묻는다

부모님 계신 산허리는
웃음이 사라진 산책로로 이어지고

초라한 옛집 바라보며 어린 시절 헤매는데
까치밥으로 남아 있는 빨간 감 하나,
구슬픈 풀벌레 소리만 뜰 안에 가득하네

들무리 사냥꾼

어슬렁거리며 먹이를 찾는 사냥꾼이다. 사자처럼 숲속을 누비지도 못하고 독수리처럼 하늘 높이 나르며 먹잇감을 낚아채지도 못한다. 힘들지 않은 한강변 모래언덕 위에서 천천히 돌아다니며 길에 떨어진 썩은 먹이나 냄새 맡고 다닌다. 정작 피가 되고 살이 될 만한 먹잇감이 널려 있어도 "나하고는 상관이 없다" 외면하고 먼 산만 바라본다.

사냥꾼의 무리를 보니, 늙고 이빨 빠진 노생老生이 이리저리 이끌고 다니는데 길도 제대로 찾지 못한다. 젊은 무리들은 모두 그 깃발 아래 갈팡질팡이다. 지난달에는 시내 한복판에 영양가 가득한 먹이가 넘쳐나는데도, 독이 묻어 있다고 생각한 듯 금을 그어 버렸다. 보이지 않는 손이 먹이를 던져주고 있는지, 낮잠 자는 배부른 강아지처럼 의욕이 없다. 몸에 좋은 먹이가 또다시 앞에 와도 '절대 먹지 않겠다'고 문패도 바꿔달고 깃발도 색깔을 바꾸려 한다.

이런 사냥꾼을 고용한 주인네는 정말 죽을 맛이다.

매일 저녁 트로트나 마시며 겨우 숨 쉬고 산다.

새로 구해야겠다, 날쌘 사냥꾼으로. (2020. 9)

거실의 안락의자

- 1인용 리클라이너

거실에 나와 안락의자에 앉는다. 많이 낡은 일인용 리클라이너이다. 이사 오면서 칠 년 전에 산 것인데 군데군데 외피가 벗겨져서 허옇게 헝겊 내피가 보인다. 아내가 역류성 식도염이 있어 비스듬히 앉기 위하여, 우연히 들른 이마트에서 저렴한 중국산이 있기에 샀던 것이다. 처음에는 푹신한 쿠션에 번드르르한 가죽 모양 외피에 당당한 모습이었다. 어느덧 낡아서 보기 흉하지만 기능에는 아무 이상이 없다. 늙었을망정 아직 잘 먹고 걸음 잘 걷는 나와 비슷한 모습이 아닌가?

식도염은 시술받아 고쳤기에, 지금은 우리 부부가 나이 따라 찾아온 불면증을 추스르는 데 쓰인다. 깊은 밤에도 가끔 침만 꼴깍 넘어오고 잠이 오지 않을 때, 어둠을 안고 거실 리클라이너에 나앉아 담요를 덮고 누워 있으면 스르르 잠이 온다. 허옇게 노출된 내피가 보기 흉하여, 가죽 파는 집을 찾아서 필요한 만큼 구하여 강력접착제로 오려서 붙여 보았다. 모양이 제법 돌아왔다. 그리고 2년이 지난 지금, 다른 부위가 벗겨지기 시작하여 모양이 다시 흉하다. 여기에 앉아 있으니 외모 단정하고 기운이 넘치던 젊은 시절 다 지나고, 여기저기 병원 신세 지면서 살아가는 주름진 내 자신처럼 느껴진다.

월 전에 소파 천갈이하는 사람을 불러 가죽 커버로 바꾸는 견적을 물어보았다. 그분 왈, 그보다는 차라리 새 것으로 바꾸는 게 낫겠다고 말하고 가버린다. 사람도 나이 많은 노인이 병원에 가면 의사들이, "많이 살았으니 그냥저냥 살다 가시라."는 투로 대한다는 얘기를 들었다. 나 자신도 진

료 일선에 있을 때, 나이가 높은 노인을 보면 적극적인 수술이나 시술은 신중히 결정하고, 가능하면 현상 유지 요법을 해 왔다. 노인 의학이다. 천 갈이 아저씨 말대로 새것으로 바꿔버릴까 생각하며 바라보아도, 이 거실 안락의자는 초연한 모습이다. 생사를 내맡긴 채 자신의 업무에 충실할 뿐이다.

거죽만 벗겨졌지 쿠션도 탄력이 살아 있고 리클라인도 작동이 잘된다. 조선 후기의 방랑 시인 김삿갓이 남루한 행색으로도 선비의 기개를 잃지 않고 전국을 누빈 것처럼 전혀 기죽지 않는다. 내다 버리자니 그동안 정도 들었나 보다. 가만히 바라보고 있으니, 이 늙은 안락의자는 석가가 말씀하셨다는 '무재 칠시無財 七施'를 몸소 실천하고 있었다. 얼굴을 펴고 정답게 대하는 것, 부드러운 말과 따뜻한 마음을 주는 것, 남의 짐을 덜어 주는 것, 자리를 내주어 양보하는 것, 상대의 마음을 헤아려 주는 것들이다.

남을 받아들이고 자리를 양보한다는 것은, 말없이 나를 내어주는 일이다. 인생의 황혼에, 이 의자에 앉아 동병상련同病相憐을 느끼며 내재적 아름다움을 본다. 회한 뒤에 오는 무애無礙의 심정으로 앞으로 남은 날의 이정표를 다듬을 것이다. 멀리서 목탁소리에 섞인 염불소리가 석양빛에 물든 계곡을 타고 들려오는 듯하다.

너무 겁주는 것은 아닌가

　　요즘 친구들에게서 온 카톡을 읽으려면, 중간에 중앙재난안전대책본부(중대본)나 지자체 등에서 날아오는 안전 안내 문자가 수시로 끼어든다. 오늘 아침에도 5개나 날아와서, 재미있게 읽고 있는 카톡에 방해를 놓는다. 전에는 가끔 안내문이 날아올 때, '정부에서 국민을 보호하려는 뜻이 애틋하구나'라고 생각했었다. 코로나19가 나타난 후로는 횟수가 점차 늘더니, 8·15이후에는 시도 때도 없이 너무 자주 날아와 짜증이 날 정도이다. 지우려고 보니, 어제 하루에만 25개나 되었다.

　　행정 안전부 산하에 중대본이 생기고 자연재해가 염려될 때 주의사항이 전해지는 것은 좋은 일이다. 근래에 별로 필요 없는 안내 문자의 횟수가 점차 많아질 때는, '공무원을 너무 많이 뽑아서 그들이 할 일이 없나 보다.'라고 생각한 적도 있었다. 요즘은 안내문자가 하루 종일 날아오니, '너무 겁주는 것이 아닌가.'라는 생각이 든다. 이번 태풍 '바비'도 요란하게 특집을 꾸며서 방송하더니 밤새 얌전히 지나가버렸다. 오늘도 '국민 행동요령'이란 제목으로 폭염주의보가 수시로 전해진다. 노약자는 한낮에 외출을 금하라는 것이다. 오후에 창문을 열어보니 구름 낀 하늘에 몹시 덥다는 느낌은 없다. 우리 노인들은 중학 시절에 뙤약볕에서 콩밭 매던 세대란 걸 모르는가. 약해빠진 인간으로 아는가. 아니면 그런 인간으로 만들고 싶은가? 오후에 산책을 나서니 살랑 바람도 불어와 걷기에 괜찮은 날씨였다.

　　코로나19에 대한 경고도 해당 시, 군에 대한 것 만 보내줘도 될 것 같은데, 멀리 떨어진 시, 군 것까지 보내준다. 하지만 실제로 도움이 되는 확

진자의 동선을 찾아보려면, 희미하고 어렵게 만들어 놓았다. 이런 현상을 보면서 '우리는 충분히 알려줬다'고 책임을 면하려는 면피성 알림이라는 생각도 든다. 우리 아파트 관리실에서 나오는 방송도 시도 때도 없이 너무 자주 온다. 집안에서 휴식을 방해받는다고, 볼륨이라도 줄여달라고 말했지만, 사회 전반적으로 면피성 방송이 많은 것 같다. 방금, "우리 아파트에서도 코로나 환자가 한 명 발생하였으니 외출을 금해 달라"는 방송이 들린다. 몇 동에서 나왔는가 물으니 모른다는 것이다. 무슨 동이라 알려주면 더 효율적인 방역이 되지 않을까. 효율보다는 그저 내 책임은 다했다는 책임 회피성 알림이 아닌가. 더구나 이 넓은 단지에서 환자 한 명 발생했다고 모두 외출을 자제해 달라는 것은 정말 너무 겁주는 것이 아닌가 싶다.

독감이나 코로나에 걸려도 면역력이 든든한 건강한 사람은 무사히 지나간다. 고생스러운 인생 굽이를 많이 겪어 본 사람은, 웬만한 좌절이 닥쳐도 이기고 전진한다. 질병이든 인생길이든, 내면에 면역력을 단단히 갖춘 사람은 주저앉지 않고 앞으로 나아간다. 우리는 역사 이래 수많은 외침外侵(900여 회, 역사에 기록된 것만 90여 회)을 받아 오면서도 끈질기게 버텨 온 면역력이 강한 민족이다. 이 강한 우리의 '은근과 끈기'를 살려가면서, 재해를 이겨내도록 안내해야 되지 않을까. 면피성으로 자꾸 겁을 주면, '양치기 소년과 늑대'와 같은 일이 일어나 정작 감염이 확대되어 긴급한 주의가 필요한 경우에도 국민들이 일상으로 받아들여 일을 그르치지 않을까 걱정이다.

주관 K 방송사에서는 중대본, 지자체들, 중앙사고수습본부, 산림청,등 수많은 기관에서, 〈행동지침〉〈가이드라인〉〈현황 브리핑〉〈뉴스특보〉〈

행정명령〉 등의 제목으로, 한글과 영어를 번갈아가며 하루 종일 재난과 질병에 대한 경고 방송을 내보낸다. 국무총리의 특별담화도 나온다. 여름날 소나기처럼 퍼붓는 현재의 재난 알림 방식을 계속한다면, 국민을 모두 겁쟁이로 만들 것이란 생각이 든다. "나약한 겁쟁이에게 영원한 평화를 가져다주는 단 하나의 길은 복종뿐이다."라고 했다. 나라의 저력인 국민의 자율성을 보전하려면, 간섭이나 통제를 최소화해야 한다는 생각이다. 조선시대의 우매하고 순종 잘하던 백성들로 돌아가기를 원하는 우민정책이 아니라면, 횟수를 줄이면서 보다 효율적인 내용으로 알림의 방식을 개선해야 될 것이다.

이중환

더불어 사는 우리는 자연과 주위 사람들로 인하여
기쁘기도 슬프기도 하다.
작품을 쓰는 것은 복잡다단한 가운데
샛별을 보려는 욕심 같은 것은 아닐까요?

약력

경북 포항 출생. 저서 : 시집 『기다리는』 공저 『오래된 젊음』 『문파대표시선』 외
다수. 방송통신대 국문과 졸업. 시계문학, 문파문학 문협 용인지부, 한국문협 회
원.

바람같이

땅속을 헤집고 들어갈 수는 없어도
기면서 날면서 수없이 지나가는

기쁨을 주고 슬픔을 주고
가볍거나 무거운 일상을 스치며
바람은 빈틈을 찾아
공간 사이를 거침없이 지나간다

너와 나에게 소중한 것이 자유로움이듯
아무 제지도 없이
저 가고 싶은 대로 가는 바람

막히면 둘러 가는 지혜
우리는 저 바람 같기를 소망하면서
풍선에 갇힌 신세는 되지 말아야지

봄날은

봄날은 애타게 기다려 오다
만난 사랑이다

봄비는 참아오다 터진 기쁨의 눈물
부드러운 바람 실루엣이다

연둣빛으로 물드는 여린 생명들
나 보라는 듯 핀 꽃들

아파할까 봐 손대기마저 주저해지는
이 순간들

소리 없는 향연 속
기다렸던 이 계절을 만났다
축복이다

상실喪失앞에서

물이 넘치고
땅 꺼지니
눈만 그쪽으로 껌뻑껌뻑
세차게 내리쏟는 물살에
귓속말은 허공을 떠나고
뭉개진 쉼터 앞을
멍하게 바라보는 저 모습
낭떠러지 앞이다

관계

어떤 친구 얘기다. 25년 정도 잘 지낸 친구 같은 사람이 있었다. 그러나 몇 달 전 어느 날 우리 집 부근에서 술 한잔하자는 약속을 했다. 둘이서 막걸리 잔을 나누는 자리였다. 정치관도 같은 사람이라서 나는 주로 요즘 돌아가는 정국 얘기를 했는데 그는 다른 얘기를 했으면 했다. 둘이서 특별히 할 얘기가 없었다. 기껏해야 분당 같은 아파트에 살던 우리가 아는 사람들의 근황 정도였다. 헤어진 후 느낀 바로는 그가 원했던 이야기는 일자리가 아니었든가 하는 생각이 들었다. 직접 말하지 않으니 내가 알아차릴 수는 없었다. 나는 거의가 솔직한 것을 좋아하는 사람이라 간접적으로 하는 말은 알아차리지 못하는 숙맥이기 이기도 하다. 술을 몇 잔 주고받은 후 그는 내게 버럭 화를 냈다. 처음 겪어보는 일이었다.

이유인 것은 자기가 들어오는데 휴대폰만 들여다보고 있더란 것이었다. 사과를 해도 들으려 하지 않았다. 스마트폰을 들여다보는 안 좋은 습관이 내게 있다. 슬픈 생각이 들었지만 내 탓이라 생각할 수밖에 어찌할 수 없었다. 자리는 냉랭한 채 끝이 나고 내가 술값을 계산한 것 까진 기억이 나는데 어떻게 헤어져서 집에 왔는지 생각이 안 났다. 그것도 그럴 것이 담금술을 병에 담아왔기에 그것이 취기를 돋운 것 같았다. 이튿날 출근해서 전화를 했더니 받지를 않았다. 폰에 분명히 기록이 있을 텐데 그 이후 전화는 오지 않았다.

사람 관계란 것이 이럴 수도 있다는 것을 새삼 경험하게 되었고 그 후 그 사람과의 관계는 이루어지지 않았다. 친구 하나 잃어버리는 것은 일도 아니구나 생각만 해도 너무 서운하다. 나로서는 처음 경험해보는 일이지만 내가 그를 생각하는 마음과는 정도가 너무 다르다는 것을 체험하게 된 것 같다. 친하다고 한 내 생각이 틀린 것인지 친할수록 조심해야 한다는 말이 생각날 뿐이다. 나는 그를 위해서 일자리도 알아봐 주려 했는데 너무 섭섭한 관계가 되고 말았다. 다 내 잘못 때문이라 생각해야 맞겠지만 너무 충격적이다. 분당 같은 아파트에 십수 년간 함께 살았던 가장 친한 사이라고 생각했는데 객지 벗은 그런가 보다 생각해야 할런지?

"인연은 운명이고 관계는 노력이다."라는 말도 있지만 선팅한 차 속의 사람을 볼 수 없듯이 상대방 속마음을 알기란 어려운 것이란 생각이다. 누구누구의 잘못을 떠나 이렇게 되고 나니 연인이 헤어지듯 우리도 이제 서로 싫증을 느끼지나 않았나 하는 생각도 든다. 2~3년 같이 공부해도 학우라 그리워하고 고락을 같이한 군대 친구라 격의 없이 반가워한다. 심지어는 딱 1년 배운 스승을 못 잊어 애타게 찾으려 한다. 관계란 세월의 길이보다 정의 농도에 있지 않나 생각한다. 아마도 그는 내가 생각하는 정도의 관계가 아니었나 보다. 등 돌리기를 수없이 하는 정치판처럼 나도 그런 체험을 해보는 것 같아 씁쓸한 생각이 가득하다. 그는 진정한 친구가 아니었나 보다. 돌아가던 뒷모습이 가끔 생각난다.

어머니의 삶

어머니는 아버지께서 50초반에 술병으로 돌아가신 후 계란 장사로 시작해서 시장 입구에 채소 난전을 해 오셨다. 그렇게 해서 동생 둘을 박사를 만드신 분이다. 우리 형제는 모두 4남 2녀다. 그중 내가 제일 맏이다. 박사 중 하나는 국립대학 정교수로 재직 한지가 오래 됐다. 박사 하나는 사법시험 2차에 몇 번 낙방하고 시험을 앞두고 사고로 결시를 하게 되는 등 불운하게 빛을 못 본편이다. 그 외 동생들은 다 괜찮게 사는 편이다. 나는 아버지가 집안일보다 바깥으로만 나도시는 분이라 집안일을 맡아야겠다는 생각으로 공부를 접었다가 아버지께서 돌아가신 후 빛을 정리하고 사회에 나서게 되니 학력이 부족하다는 생각이 들었다. 늦은 공부를 해서 서울의 농협 시험에 합격해 IMF 시기를 거쳐 정년까지 근무를 마친 터다.

어머니는 워낙 열심히 사시는 분이라 그런지 경주시장이 수여하는 장한 어머니 상을 두 번이나 받으셨다. 그런 분이 나이가 드시니 죽음을 걱정하게 된다. 어머니는 90 연세에도 채소 난전을 포기하지 않으셨다. 유모차에 채소를 가득 싣고 이제는 어려운 걸음걸이 인데도 장사를 고집하셨다. 자식들이 집에서 쉬라고해도 안 된다. 그것도 안 하면 무슨 낙으로 사느냐 그러신다. 동네 다른 집 노인들은 경로당에서 편히 소일하는데 우리 어머니는 채소 난전을 더욱 하고 싶어 하신다. 어머니가 하는 난전 자리는 안강 시장 입구 미림 약국 앞이다. 지금은 겨울이라 집에서 쉬고 계시는 때이지만 날이 따뜻해지면 손수 재배한 채소류를 유모차에 가득 싣고 미림 약국 앞에 난전을 펼칠 것이다.

우리가 사는 경주 안강 이란 곳이 인구가 꽤 되는 읍이고 주변에 크고 작은 공장들이 있어서 장날이 아닌 평일에도 장사가 되는 곳이다. 어쩌다 한 번씩 시골 집엘 내려가는데 갈 때마다 시장 입구를 먼저 들른다. 어머니께서 필시 그곳에서 꾀죄죄한 모습으로 난전을 하고 계시리라 생각되기 때문이다. 어머니를 뵙고는 큰 마트에 가서 뜨끈뜨끈한 순대 몇천 원어치와 소주 두 병을 산다. 아들 몫 한다고 어머니께 갖다 드리면 주위 동료 난전 여자분들을 불러 같이 한잔 나누는 모습을 보면 내가 기분이 좋아진다. 저녁 무렵 팔다 남은 장거리를 챙겨 집으로 모셔오면 방바닥에 지폐를 펼쳐놓고 간추려 세어보는 모습은 희색이 가득하다. 그런 걸 낙으로 사시는 분인데 환자가 되어 거동도 제대로 못하시니 얼마나 답답하실까? 머리가 어지럽기도 해서 대학병원에서 검사를 해도 특별한 병명이 없다.

팔다리가 붓고 힘이 없어 정형외과 쪽 MRI를 찍고 해도 원인을 알아내지 못하고 있었다. 걷는 것도 어렵고 숟가락질도 원활치 못할 때가 있었다. 이제 세상과 이별을 해야 할 노환인가 싶은 생각이 든다. 92세까지 사시는 동안 무릎 관절과 치과에 다닌 것밖엔 없을 정도로 병원 신세를 지지 않고 살아오셨다. 아플 틈이 없을 정도로 열심히 살아오신 분이다. 편히 5~6년만 더 사셨으면 하는 우리 형제들의 바람이다. 지금은 빈 집인데 건강을 회복하셔서 시골집에서 주인 행세를 하시면 얼마나 좋겠나. 건강 회복하시길 기도하는 심정이다.

손경호

옷깃을 파고드는 바람이 가슴을 자극한다. 세월을 보내는
아쉬움이기도 하고, 괴로움을 누르는 한숨이기도 할 것이
다. 씌워진 굴레가 벗겨지기는커녕 채워진 족쇄가 철렁거
리는 소리인지도 모른다.
가을이다. 겨울이 가까이 있는 모양이다.

수필

연옥의 죄
실수
하인의 영웅

약력

『월간 한국시』에서 수필 등단. 저서 : 수상록 『동초의 고백』 수필집 『사랑할 줄
모르는 남자』 『달팽이 집』 수상 : 중봉조헌문학상 수상. 계간문예작가회 이사. 한
국문인협회, 문파문인회, 한국문인협회 용인지부 회원.

연옥煉獄의 죄

선하게 산 사람은 죽어서 천국으로 가겠지만 그러지 못한 죄인들은 지옥으로 떨어진다. 천국과 지옥의 중간에 연옥이라는 곳도 있다. 가벼운 죄의 망자亡者를 연옥에서 불로 지져서 죄가 지워지면 그도 천국으로 가게 되지만, 지워지지 않는 중죄인은 끝내 지옥으로 떨어진다. 단테가 『신곡』에서 이승의 업보를 경고한 경구에서 그렇게 남겼다. 지옥은 너무 많은 죄인이 붐벼서 가벼운 죄는 씻어서라도 여유 있는 천국의 자리에 보내지는 모양이다. 선하게 살면 될 일이지만 못하더라도 중죄인만은 되지 말아야 한다.

어느 날 아내가 내게 충고의 한마디를 툭 던졌다. 참을성이 모자라는 남편에게 보내는 응원의 소리였다. "길 가다가 젊은이들이 눈에 거슬리는 짓을 하더라도 못 본체하고 그냥 넘기라."는 것이다. 지하철 찻간에서 민망한 애정행각을 벌이는 남녀에게 한 할아버지가 예의를 이르면서 충고를 했단다. 젊은이가 반성은커녕 오히려 자유를 방해한다며 대들어 봉변을 당하는 꼴을 보고 와서 하는 소리였다. 차 안의 아무도 할아버지를 거든 이 없이 당하다가 다음 역에서 내리는데, 두 젊은이가 부리나케 뒤따랐단다.

얼마 후 전철 칸의 맞은편 출입문 근처에 20대의 대학생으로 보이는 남녀가 가방을 둘러멘 체 마주 서서 가위바위보로 뺨을 때리는 장난을 하고 있었다. 이긴 쪽이 상대의 뺨을 철썩철썩 때려 양쪽의 뺨이 고추장이 되고 깔깔대는 소란의 꼴이 너무 상스러웠다. 승객들이 모두 못마땅해 힐끔 힐끔 쳐다보아도 아랑곳하지 않았다. 대학생으로 보이는 그들에게 교양이나 지성하고는 너무나 거리가 멀었다.

장난이 이어지니 참아오던 나도 인내심에 바닥이 났다. 한마디 해야겠다는 생각을 한 것이다. 좀 자중하라고. 순간 나는 문득 아내의 충고를 떠올리면서 적반하장으로 저들이 반격이라도 해오면 어쩌지? 수세에 몰리면 보고 있던 승객들은 우군으로 나서줄까? 딴에는 머리를 굴리면서 뒷일부터 걱정하는 사이에 차는 성큼성큼 다음 정거장에 가 닿고 그들은 후딱 차에서 내려 버리고 말았다. 충고할 기회를 비키고 만 것이다. 망나니의 봉변을 면하기는 했지만 알량한 시민 정신은 시궁창으로 처박힌 꼴이 되어 두고두고 뒷맛이 씁쓸했다.

"지옥의 가장 뜨거운 자리는 도덕적 큰 위기 때 중립을 지킨 자들에게 예약되어 있다." 14세기 단테의 경고에 바탕 하여 20세기 미국의 제35대 대통령 케네디가 쏘아낸 일침이다. 양심에 따라 행동하지 않고 방관하고 침묵하는 현대인의 비겁함을 때린 질책이다. 부도덕 앞에서 도덕을 말하지 않고 침묵하거나 못 본 체한 죄는 연옥에서도 구제될 수 없다는 경고다. 무릇 문명사회의 진보는 건전한 충고를 약으로 삼는다. 불의를 묻어두고 침묵하거나 방관하는 짓은 문명의 진보를 훼방하는 죄인이 되는 거다. 이기和리 뒤에 숨어서 비겁해진 현대인을 개탄한 케네디의 충고를 결코 못 들은 척할 수 없을 것이다.

예부터 우리는 동방문화에 살고 있다. 문화는 천명 같아서 바꿀 수 없다. 서방에서 들여온 자유의 가치가 선善임에는 틀림없어도 겉모양만 보고 잘못 흉내 내면 천박하여 공동체의 해악일 뿐이다. 앞 세대는 뒷세대의 젊은이에게 자유의 참뜻을 말해 문화를 일깨워 주어야 한다. 내 자유가 선이면 남의 자유도 선이다. 앞 세대는 자유의 참뜻을 말해 문화를 일깨워 주어야 할 책임이 있다. 자유가 방종으로 내달아도 중립이나 침묵으로 못 본체하면 이웃의 자유까지 짓밟고 유린하는 강도의 방조자가 되어버린다. 그 강도를 방관한 죄악이 연옥에서 구제될 수 있을는지는 알 수 없지만, 지옥의 뜨거운 자리는 늘 텅텅 비어있었으면 좋겠다.

실수失手

　　티 없는 삶이 조금은 단조로울 것 같다. 뉘우칠 실수가 없는 무결점 생이면 그럴 것이다. 고등학교에 기차 통학할 때, 옆 마을 이호숙은 조숙하고 발랄한 여중생이었다. 멀찌감치 떨어져 길을 가기는 했어도 매일 같은 시각에 종종걸음으로 오 리쯤의 기차역을 오갔던 통학 동창이다. 초등학교를 나보다 두 해 먼저 나온 그 아이는 나이도 그만큼 더 먹었다. 하지만 진학을 한참 미루는 바람에 거꾸로 내가 학년 선배가 되어 마주치면 아주 조심스럽게 말을 건네는 사이였다. 배필을 고를 때도 명함판 사진 정도만 주고받을 정도로 '칠세부동석七歲不同席'을 지켜야 했던 옛날식 보수 마을이어서다. 타성他姓의 장성한 남녀끼리 함부로 말을 주고받는 짓은 경칠 일이었다.

　　그리 친숙하지는 않아도 호숙에게 말을 건넬 수 있었던 것은 그럴만한 사연이 또 있었다. 큰길 가 양철 지붕의 그녀 집은 건넌방을 학용품 가게로 쓰고 있었는데, 그 댁 노모의 가게 보는 일을 막내딸 호숙이 가끔 도왔다. 도화지나 공책을 사러 가면 거스름돈을 건네면서 무척 상냥하게 대해주던 아이였다. 노모보다 그 아이가 가게를 지킬 때 연필을 사러 가면 왠지 더 기분이 좋은 것 같았다. 먼저 고등학생이 된 나는 같은 재단 한 울타리 안의 중학생이 된 그녀에게 어느 정도의 말은 자연스럽게 된 처지였다. 그녀의 나이와 나의 고학년을 상쇄하고 그간에 쌓은 친소親疏를 보태면 쇠가죽을 뒤집어쓰고라도 말을 건넬 수 있었던 셈이다.

내가 고3이고 호숙이 중3일 때다. 크리스마스를 앞둔 어느 날 정성스레 만든 카드 한 장을 호숙에게 건넸다. 나보다는 한 해 후배이고 호숙이네 뒷집인 김태숙에게 전해달라면서다. 호숙이 후끈 더워진 내 얼굴을 멀뚱히 쳐다보더니 "태숙이에게…?" 하면서 반문하는 듯 여운을 남기고 받아갔다. 여고 2년생인 태숙은 초등학교 학예회 때 독창으로 인기를 날렸던 아동이었다. 유난히 깜찍했던 그 아이는 몇 해 만에 청아한 숙녀가 되어 있었다. 그녀의 새침데기 모범생 전형은 난공불락의 요새에서 누구도 근접을 불허할 것 같아 밀서 작전을 시도한 것이다. 보낸 카드는 오랜 염탐과 숙고 뒤에 꺼내 든 우정(?)의 신호이기도 했다. 카드를 받아들고 머뭇거렸던 호숙의 표정에 이 한마디가 더 얹혀 있었던가 보다. "너는 나 아니고 태숙이를 좋아하고 있군!"

시위를 떠난 화살이다. 회신을 기다리는 나는 안절부절못했다. 흘러가 사라질 육성보다 언제나 남아있을 답신에 더 집착했다. 먼발치이기는 해도 매일 보는 낯이지만 만 리 타향의 연서를 기다리듯 하였다. 낌새라도 살피려 하지만 도무지 함흥차사여서 속으로만 장을 담글 뿐이었다. '호숙이가 태숙에게 전하기나 했을까.' 왜 직접 주지 않고 삼자를 거쳐 소문내냐며 태숙이가 내심 난처해했을까?' '내게 주지 왜 태숙에게 하고 호숙이 꿀꺽 해버렸을까?' 온갖 상상을 떠올리면서 애간장을 태우는 사이에 성큼 겨울 방학이 오고 그해는 후딱 그냥 지나가 버렸다. 이듬해에 나는 곧 대처에 유학을 떠났고, 어설픈 우정의 신호는 큐피트의 화살이 되지 못했다.

누가 그랬던가. 사랑하는 방법을 묻는 이에게 이리 말했단다. "그냥 사랑하면 되는 것.", "사랑에 있어서 늦은 깨달음은 무용하고, 참으로 쓰라리

118

다."라고. 이 사랑하는 방법을 더 일찍 알았더라면, 동네 어른들의 눈치나 체면쯤은 내던지고 나의 사랑(?) 체험은 시도되었을 것이다. 그 뒤 가끔 고향에 갈 때도 어김없이 그녀들 집 앞을 오갔지만, 망설임만 있을 뿐 우정이든 사랑이든 간에 질풍 같은 열정이나 노도 같은 용맹을 보이지 못했다. 피우지 못한 봉오리는 꽃이 아님을 깨닫는 데는 아쉬움의 긴 시간이 더 필요했다.

연상이었던 호숙이네 일본식 양철 지붕 집이나 담장 안에 홍매화가 흐드러졌던 태숙이네 아담한 초가는 깡그리 헐려 나가고 지금은 없다. 민속 마을 정비에 쫓겨난 지 반세기 세월과 함께 모든 것 다 흘러가고 고3 때의 그림자만 오롯이 남아있다. 기회는 무한정 기다리지 않는다. 그러나 그 흔적은 오래 남는다. 시간의 역사가 준 깨달음이다. 두 여인이 빙그레 웃는다. 지금 어딘가에서 누군가와 그냥 사랑하며 쓰라림 없이 행복하단다. 일생 잊지 못하면서 한 번쯤 더 만나보지도 못하고 그리워만 하며 살아야 할까 보다.

하인下人의 영웅英雄

"하인에게 영웅은 없다." 헤겔의 말이다. "영웅이 영웅 아니어서가 아니라 하인이 하인이기 때문"이라는 주석이 있어 알아듣기 어렵지는 않다. 늘 영웅과 가까이하는 하인은 누구보다 주인의 결점을 잘 안다. 더없이 유치한(?) 주인이 영웅으로 보이지 않음은 당연하다. 무결점 영웅호걸이 없다는 말이다. 위기의 나라와 민족을 구하고 시대의 흐름을 포착하여 역사를 앞당기는 대업을 이뤘다 해도 흠을 덧씌워 억지로 지우려 한다면 아무도 영웅일 수 없다. 흠투성이라 하더라도 우러러볼 영웅 하나 있으면 역사를 바꾸어 놓을 수 있을 것이다.

약관에 오랑캐를 물리치고 병조 판서에 오를 만큼 명장이었던 조선의 남이 장군은 호기 넘치는 시詩 한 수 때문에 역적으로 몰려 죽음을 맞아야 했다. 노량해전에서 장렬히 전사하지 않았더라면 이순신은 어땠을까? 치욕의 삭탈관직과 옥고를 치렀던 온갖 음모의 과거를 보면 속 좁은 군주의 시기와 정적들의 모함에서 자유로울 수 없었을 것이다. 무능한 권력자는 잘난 신하의 꼴을 결코 앉아서 못 본다. 큰 인물의 존재를 못 보는 옹졸한 권력자의 흠집 내기는 좁은 만큼 악랄하고 포악하다. 약자들의 처세 본능이고 뛰어난 영웅이 오래 못 가는 이유이다. 영웅 고지에 오르는 길이 멀고도 험난한 여우 길이지만, 정상에서 내려오는 길은 더욱 거칠고 험악한 사자의 길일 수 있다.

나폴레옹은 하늘 찌를 권력욕이 흠이기는 해도, 왕정 시대를 마감하고 공화정으로 가는 시대 흐름에 맞춰 대혁명을 완수한 영웅이다. 초급장교에서 시작하여 수많은 전쟁을 거쳐 대륙을 거머쥔 공적은 영웅이기에 충분하다. 그런 그도, 고도孤島 세인트헬레나에 갇혀 생을 마감하기까지는 혹독한 질시에 시달렸다. 승산 없는 이집트 전쟁에 출병하여 고난을 겪은 일이나 사랑하는 아내가 비참한 죽임을 당한 일도 그중의 하나다. 워털루 전투에서 대패하고 고도에 쫓겨난 끄트머리가 초라하기는 해도 그가 영웅이라는 사실에는 변함이 없다. '영웅의 최후는 화려한 꽃이 져 쓸쓸히 나뒹구는 것처럼 비참하다.' 헤겔이 내린 영웅 말로의 정의가 쓸쓸하기는 해도 역사에는 여전히 영웅으로 남는다.

만개한 서방 번영의 꽃이 퇴색이나 하는 양 동방이 세계의 중심이 될 것이라는 예언이 있다. 동방 인의 자화자찬이 아니고 서방의 석학들이 한 말이어서 눈길을 끈다. 프랑스의 지성 자크 아탈리Jacques Attali는 2050년쯤 한국이 세계의 최강국 대열에 설 것이라고 콕 찍었다. 침묵하던 동방의 용오름 예언이다. 과연 그렇게 될까? 과학에 근거한 말이라니 허망한 말은 아닐 것이다. 기회는 준비된 사람의 것이라고 했다. 빼앗긴 나라를 되찾았을 때나 숱한 국난을 물리쳤을 때 거저 된 때는 한 번도 없었다. 역사 흐름이 변곡점을 지날 때마다 기회를 잡아 이끄는 이 있어야 했다. 사람들은 그를 영웅이라며 따르고 역사는 기록했다. 비록 지는 꽃으로 나뒹굴게 되더라도 지금은 피는 꽃의 영웅을 보고 싶다.

난세에 영웅 난다고도 했다. 이즘같이 갈기갈기 찢긴 난세도 흔치는 않았으니 영웅이 꿈인 이에겐 호기일 것이다. 역사의 바다에는 사람이 주역인데, 시대 흐름을 조류에만 맡길 것이 아니라 '영웅호' 이끌 선장이 필요하다. 그가 시대에 부응하면 영웅이 될 것이고, 역행하면 역적이 될 것이다. 자칫 흐름을 호도하거나 항로를 잘못 짚어도 선무당 굿판에 좌초하고 말 수도 있다. 구경꾼들은 무당의 잡귀신 주문을 알아들을 재주가 없고, 주는 떡만 넙죽 받자니 겨울 하늘처럼 우울할 뿐이다. 너무나 목마른 형편인데, 영웅 길 모르는 자칭 영웅들만 발에 차인다. 내리막 사자의 길까지 각오한 참 영웅 하나면 족할 것인데, 그가 누구일지는 아무도 모른다. 매양 하인의 눈이니 영웅 보는 안목이 없나 보다. 그래도 참 영웅을 기다리련다.

김은자

쑥부쟁이 파릇한 오솔길 걸었다
긴 비바람과 태풍에 끊긴 황톳길 훌쩍훌쩍 건넜다
황금물결 일렁이는 논둑 길
별빛 쏟아지는 애틋한 길
순응하며 사각사각 걸었다
놀랍도록 새롭고 가치 있는 길이기에
벌떡 일어나 차가운 고통, 툭툭 털고 걷는다

약력

충남 연기 출생. 『월간 아동문학』 신인상 동시부문 당선등단(2004). 계간 『문파』 시부
문 신인문학상 등단(2019). 사) 한국문인협회 용인지부 사무차장. 계간 『문파』 이사. 시
계문학회 회원. 2020년 (재) 용인문화재단 문화예술공모지원사업 지원금 수혜. 저서 :
동시집 『꿈봉투』 시집 『반짇고리』 공저 『오래된 젊음』 『문파대표시선』 외 다수.

전염병을 지나며

지구는 검은 입 벌려
체온을 재고 심박동에 취해있다
텅텅 비어있는 서랍장 같은 곳에 밀어 넣은
눈물 젖은 꽃 후들후들 시들어 간다
팔 닿지 않는 곳에 갇혀 허우적대다
몸 상처로 어둠 번진다
더 잦은 체온기 들락거리고
몇 가지 중력 매달려 함몰되는 시간
두터운 방호복 저릿한 눈길 오간다

창밖 어디서 날아왔는지
반딧불 새벽 별
하루하루 눈물 말려
허물 벗고 부활하는 아침이다

꽃들은 눈물 골짝에서
한 잎 두 잎 피어난다

숨 고르기

일기예보 없는 소나기 퇴근길
비에 버무려진 땀, 흠뻑 젖은 남자
타조알처럼 단단히 설계한 보석 같은 서류
가슴에 품고 휘청휘청 뛴다

헐떡이던 구두 헛바닥
쩍- 갈라졌다
마트에서 구입한 단 한 켤레, 허쉬파피 브랜드 지문
기적처럼 살아 희미하다
미처 마르지 못한 구두 발바닥
어제 흘린 생의 땀방울 올라와
마루 끝 이끼처럼 붙어있다

해를 거듭하며
세종청사에서 서울 국회를 오가는 동안
어긋나고 뒤틀린 보도블록에 차인 구두 콧등
움푹움푹 살점 떨어져 나갔다
휘청거리는 나라 세우느라
노후대책 완전할 수 없는 노부모 아들로 살아가느라

한 가정의 기둥으로 뿌리내리느라
맑고 투명한 남자,
늘 새벽 별 앞세웠다

허리 구부려 소파에 밀어 넣은 밤
헤아릴 수 없었다

3급 부이사관 승진 보도되던 날
국회 앞마당 나무 그늘 의자
홀로
더욱 몸 낮춰 숨 고르기 하는데
한 세월 지구를 떠받치다
두 동강 난 구두 밑바닥, 두 눈에 박혀
우직하게 지나온 시간
그렁그렁 하늘 본다
 순결한 청지기의 길 위로
 진 - 한 초록 생生의 물결 일렁인다

동백나무

서늘한 햇살 나뭇가지 사이 비집는다
손톱으로 돌 틈 긁으며 실낱같은 뿌리
혹독한 한 세기 버둥댔다
질척한 땅바닥에 널브러진 옷 감춘 채
한사코 놓지 않은 동백나무
가지 사이사이 세월에 잘려나간 파편 잊고
뿌리 틈새 다른 나무 품어 깊숙이 섰다
바람 소리 새소리 들리지 않아도
굵은 주름으로 답하시는 어머니

무수한 달빛 떠오르고 지고

노예처럼

새벽 흔들어 깨우는 기계음
뻣뻣한 손끝 세워, 하루의 살갗 터치하는 순간
정수리부터 발바닥까지 잠식한다
별빛으로 날아든 삶
침침한 눈 비벼 가슴 내어놓고
톡톡 토도독 –
둥근 보금자리 만들 때도
예리한 각을 세워 부른다
때론 울퉁불퉁하게
때론 온화하게
손과 발 용수철처럼 튀어 간다
땀에 흠뻑 젖어 흔들리는 버스,
숲을 이룬 지하철에서
키 낮은 밀착

충전기 매달고도 놓아 주지 않는다

저항 없이,
나도 나를 인식하지 않는다

하루 이틀 사흘
어디로 끌려가고 있는가!

선물

한 올 한 올 펼쳐주신
초록 물결 품에 들어가
허기로 긴긴 마음 채우겠습니다

하얀 이 가지런한
이팝나무 꽃 조팝나무 꽃 아래
조용히 물들어 맑은 봄
내일로 번지겠습니다

길가
가냘픈, 풀 한 포기
우연히 피어나는 까닭 없음도
5월,
고뇌 없이 받겠습니다

명향기 본명 한명숙

2020년은 바이러스로 갇혀 지내며 어물어물하다
한 해를 속절없이 보낸 것 같다.
주어진 일상을 그려내며 위로받고
또 남에게 위로를 주는 그런 내일이 되길 바래본다.

수필

가을의 세레나데
바람의 언어로
소리의 기억

약력

『한국수필』에서 수필, 계간 『시선』에서 시 등단. 수상 : 제1회 한국수필 독서문학
상 최우수상 수상. 저서 : 수필집 『간격의 미』 외 공저 다수. 한국문인협회, 한국
수필가협회, 한국수필작가회, 문학의 집·서울, 별빛문학회, 용인문인협회, 시계
문학회 회원.

가을의 세레나데

　　매미의 울음이 잦아들자 여기저기에서 귀뚜라미 소리가 귀를 적신다. 인기척에 잠시 끊어졌다 이어지는 그들의 가을을 소리쳐 인식시키는 것 같아 순간 커다란 공기 방울이 몸통을 저미는 듯 가슴을 훑는다. 봄부터 지금까지 마스크를 낀 채 갇혀 살면서 하릴없이 손가락 사이로 흘려보낸 시간의 허망함 때문이리라. 이런 나와는 달리 풀숲에서는 풀벌레 소리가 요란하다. 벌레들의 한바탕 축제이며 생의 마지막 임무를 위한 절박한 구애의 소리이기에 저마다 혼신의 힘을 다하여 아름다움을 뽐낸다.

　　수은주가 내려가 긴 옷을 챙겨 입으며 누렇게 떨어지는 낙엽의 숫자를 센다. 낙엽이 쌓일수록 풀숲에는 풀벌레 소리로 가득하다. 상대에게 자기를 알리기 위하여 나름 최상의 방법을 동원하여 내는 구애의 간절함이 있다. 간절함이란 얼마나 진실되고 절실한 마음의 표현인가. 그러하기에 우리에게도 아름답고 신비하게 들린다. 또르르 굴러가는 방울벌레의 소리는 어찌나 맑고 청아한지 조그만 벌레에서 나온다는 것 자체가 신기하고 오묘하다. 온갖 벌레들의 노랫소리가 가을밤 공기 속으로 흩어진다.

　　가만히 들어보면 우리가 생각하는 것보다 훨씬 다양한 벌레 소리에 놀란다. 일정한 간격으로 신호음을 타전하듯 소리를 내는 것이 있는가 하면 끊임없이 날개를 비벼 쉼 없이 소리를 내는 것도 있다. 날개를 높이 들어 고음을 내거나 낮추어 은은한 소리를 내면서 형편에 따라 음의 높낮이를 조절하고 음량을 조절하기도 한다. 이야기 속에서의 베짱이와는 다르게 현실에서의 베짱이는 열심히 날개를 비비며 고운 소리를 내는 매우 부지런한 곤충이다. 자기의 몸길이처럼 길쭉한 줄기에 올라앉아 우는 긴꼬리 쌕쌔기의 소리는 또 얼마나 청아하고 아름다운지, 저절로 짝이 찾아들 것 같다.

시골에 내려간 첫해의 가을밤을 잊을 수가 없다. 밤은 소리를 이용해 의사소통하는 자연의 무대다. 순수한 자연의 소리를 듣고 싶어 불을 모두 끄고 어둠이 이미 사방을 적셔버린 어두운 테라스로 나왔을 때, 정원 가득 울리는 소리의 대단함에 놀랐다. 듬성듬성 박혀있는 희미한 태양등 외엔 보이는 것 하나 없는 어둠 속에서 온 우주를 꽉 채우고 있었다. 도심에서는 들어본 적 없는 구슬이 굴러가는 듯한 맑은소리가 들리는가 하면 바람에 스치는 나뭇잎 소리가 한데 어울려 나도 너른 자연의 한 구성원이 된 듯 동화되었다. 가득한 소리에 취해있을 때 어둠을 질러 허공을 날아다니는 연둣빛 불빛이 보였다. 꽁무니에 불을 달고 짝을 찾고 있는 반딧불이들이었다. 그 불빛은 또 다른 목소리였다. 소리로, 빛으로, 짝을 찾는 가을밤의 세레나데는 공기를 밀며 밝히며 너른 우주로 퍼져나갔다.

공기의 파장이다. 동물은 공기를 들이마시면서 성대의 근육을 조절해 소리를 내지만 곤충은 대부분 마찰을 이용해 소리를 낸다. 낮에도 소리를 내는 벌레로는 쌕쌔기나 귀뚜라미를 꼽을 수 있는데 그들의 주거지가 주로 돌 밑이거나 굴이기에 낮에도 컴컴하여 소리를 내는 것이라 한다. 풀벌레들은 다리에 있는 돌출부위를 다른 다리로 긁거나 날개를 비벼 낸다고 하지만 어떻게 티끌 하나 없는 맑은 소리를 내어 상대의 마음을 움직일 수 있는 걸까. 여러 음색이 뒤섞인 가운데서도 무슨 방법으로 같은 종류의 짝을 찾아 구애를 할 수 있는 건지 마냥 신기하기만 하다.

풀숲의 사회에서는 한 녀석이 울면 쉬었다가 다른 녀석이 울며 음색도 다르고 리듬도 다른 녀석들이 제각기 목소리를 내지만 오묘하게 한데 어울리며 하모니를 이룬다. 불협화음이지만 시끄럽지 않다. 어느 한쪽 소리만 크면 그건 건강한 사회가 아니다. 세상도 그래야 하는 것 아닐까. 숲의 사회에서는 서로 어우러지며 하나가 될 수 있기에 조화롭고 아름다운 것이다. 짝을 찾는 벌레들의 소리에서 우주의 섭리를 배운다.

풀벌레들의 노래는 천적에게 자기의 장소를 노출 시키는 표적이 되기도 하여 뱀이나 새들에게 먹히기도 하지만 그러한 위험에도 암컷의 마음을 사기 위한 수컷들의 노래는 멈출 줄을 모른다. 끊임없이 부르는 세레나데로 마침내 짝짓기가 이뤄지고 나면 수컷은 생을 마감하고 암컷은 홀로 남아 알을 낳은 뒤 죽는다. 그렇게 한 쌍의 풀벌레가 사라지고 이듬해 봄에는 더 많은 생명으로 이어진다. 그들의 노래는 우리에게 아름다움과 깊은 사고를 불러일으키는 서정적 언어로도 들리지만, 그들에게는 무엇보다도 생의 마지막 임무를 위한 절절한 구애의 세레나데였다. 풀숲을 걸으며 '마지막 임무와 내일의 하모니'를 성찰해 본다. 그리고 나를 들여다본다.

바람의 언어로

바람 따라 시간이 흐르며 장례문화도 매장에서 화장의 문화로 많이 바뀌었다. 납골당이 생기고 수목장이란 단어가 낯설지 않다. 납골당을 봉안당이라 부르고 동산이나 묘지를 메모리얼 파크라 부르는 것도 시대에 따르는 변화임을 깨닫게 된다. 어머니 가신지 서른 해가 훌쩍 넘었다. 세월이 흘러 조부모의 추억을 후대의 자식들이 기억해주는 시대도 아니니 부모님의 유해를 수습하여 자연으로 돌려보내야 하지 않을까 하는 생각을 하게 되었다. 세 자녀가 화장하기로 뜻을 모았지만 그 후의 방법이 마땅치 않아 미루던 중, 가깝게 지내던 지인이 남편을 수장으로 모셨다는 이야기를 들었다. 유골 가루를 지정된 연못에 뿌리면 그 물이 너른 공원의 정원수로 가게 되어 자연으로 돌아간다는 원리다. 가슴에 박혀 언제 불러도 목이 메이는 '사랑'의 실체를 우리도 물과 함께 자연으로 보내기로 의견을 모았다.

높은 하늘에 솜사탕 같은 구름만 몇 조각 떠다니는 10월 초, 이천에 있는 '○○낙원 메모리얼 리조트'란 곳을 찾아 둘러보았다. 골짜기를 깎아 리조트를 만들고 가장 높은 장소에 삼각형의 모양을 한, 안이 훤히 들여다보이는 유리문의 교회가 있었다. 건물 안으로 들어서자 예배실이 있고 복도를 따라 죽 늘어선 방마다 스위스 비밀은행 함을 보는 듯 깔끔하고 고급스런 외관을 한 봉안함이 천장까지 들어찬 봉안당으로 되어 있었다. 요즘 나오는 주방기구가 냉장고인지 가구인지 구별되지 않는 것처럼 속은 보이지 않고 고급스런 외관에 이름과 나이만 가는 글씨로 적혀 있었다. 외벽을 열어야 유리 벽 속에 있는 본인들의 유골함만 보이게 되어 있었다. 봉안당을 돌아보는 동안 아래쪽 정원에서 불어오는 허브향이 그곳을 가득 메웠다. 빈손으로 가는 생의 끝자락에도 빈부의 차이가 있음을 실감하게 되는 곳이기도 했다.

그곳을 둘러본 후 우리의 목적지인 교회 앞 잔디 마당에 있는 연못으로 갔다. 연못 너머 중앙에 커다란 십자가가 있고 연못을 떠받치고 있는 형상의 하얀 손의 조형물이 양쪽으로 구성되어있는 둥근 연못이었다. 연못의 중앙으로 난 기다란 돌판에 유골을 뿌리도록 설계된 작은 공간이 있는데 이곳에 유골을 뿌리면 쉼 없이 떨어지는 물에 섞이어 아래 리조트 연못으로 내려가게 되어 있었다.

삶이 굴곡이 많은 지난한 여정이었다면 가는 여정은 너무나 단순하고 가벼웠다. 이렇게 가벼운 것을, 왜 그리도 복잡하고 무겁게 사는 것인지, 왜 그렇게 집착을 가지며 욕심을 가지는지…. 아래로 빨려 내려갈 '사랑'의 흔적을 연상하며 우리는 이곳에서 어머님을 보내기로 마음을 굳혔다.

생이 다하면 몸에서 분리된 령靈이 하나님의 품으로 돌아가 천상의 복을 누리며 영생한다고 믿으면서도 우리는 죽은 육신을 땅에 묻으며 그곳을 찾아 말을 건네기도 하며 그리워한다. 산소는 가신 분과 사랑의 교감을 나누며 못다 한 효를 안타까워하는 장소. 어찌 보면 남은 자들의 위로와 연민의 장소라 할 수 있다. 미련으로 붙들고 있던 작아진 육신을 흙으로 돌려보내고 오로지 신과 소통하자 마음먹었다. 자연으로 돌아간 육신이 가끔은 들판에서도 시장에서도 바람의 언어로 말을 걸어올지도 모를 일이다.

교회 동산에 모셔있던 시신을 수습하여 화장하니 적은 양의 재로 변했다. 어머님의 유골함을 모시고 정중한 마음으로 '○○낙원 메모리얼 리조트'를 다시 찾았다. 하늘은 푸르고 쌀랑한 바람에 갈대가 무성하게 흔들리고 있었다. 유골함을 모시고 모두가 교회에 들어가, 목회를 하는 남동생의 인도로 간단히 예배를 본 후 연못으로 갔다. 한 사람씩 재를 들어 떨어지는 물에 흘려보내며 이승에서의 마지막 작별을 고했다.

곱게 갈린 유골을 손으로 만지며 '이렇게 흙으로 돌아가는 거로구나' 응얼거리며 열매로 남겨진 나 자신이 하나님의 말씀 안에서 꽃을 피우고 열매를 맺어 또 다른 생을 이어가는 삶을 잘 살아 내었는지를 되물어 본다. 물에 스며든 육신이 자갈 사이를 빠져나가가며 너무나 빨리 사라지는 것을 보며 허망함과 자유로움이 동시에 느껴졌다. 좁은 관 속에서 서서히 풍화되어 가던 육신을 왜 진작 너른 자연으로 보내드리지 못했나 하는 안타까운 마음도 들었다.

가루가 된 재가 물에 녹으며 아래로 아래로 떠내려간다. 물줄기를 따라 리조트로 내려오니 길고 큰 연못이 보였다. 그 연못에서 어머님의 숨결이 느껴졌다. 물은 생명의 근원이라 하던가. 이 물줄기가 너른 정원의 흙을 적셔 꽃도 피우고 나무도 자라게 하리라. 연못에서, 분수에서. 바람에 날리는 분수의 이슬방울에서, 어머님의 모습이 아롱거렸다. 분수의 물방울이 바람을 타고 날고 있었다. 바람의 언어로 안식安息을 노래하고 있었다.

어머님을 자연으로 보내고 저녁이 늦도록 야생화와 갈대가 가을을 수놓는 리조트에 머물며 추억을 소환했다. 질곡의 삶 속에서도 신 앞에서 자유로운 사람이 되라며 신앙의 모범을 보여주셨던 분이셨다. 메모리얼 리조트는 기존의 동산이나 산소와는 달리 삶과 죽음이 공존하는 곳이었다. 죽음을 일상에 끌어들여 가까이에서 느끼게 하고 조용한 공간에서 쉼을 얻으며 삶의 가치를 새롭게 인식하게 한다. 시간과 공간을 몸으로 느끼며 영원을 연습하는 곳이었다. 눈에 보이는 모든 곳에서 물에 젖어 자연이 된 어머님의 숨결이 느껴진다. 나무 밑에 피어나는 작은 들풀에서도 바람에 흔들리는 나뭇잎에서도 어디서든 '사랑'이 숨결이 되어 바람의 언어로 속삭일 것이다.

소리의 기억

　　골목 끝 허름한 집 앞에 가면 가끔 방울을 흔들어대는 듯한 이상한 소리가 새어 나왔다. 알아들을 수 없는 목울음 소리와 함께 문지방에 어른대는 그림자의 어수선함도 어린 나에게는 의문이었다. 골목 끝에서 오른쪽으로 휘어진 막다른 집이라 대부분은 그 집의 존재 자체를 잊고 살지만 술래잡기하다 우연히 알게 된 그 집이 갈수록 궁금해졌다. 호기심이 많은 나는 찰랑대는 방울 소리와 희미한 북소리의 정체가 의심쩍어 생각날 때마다 그 집 앞을 기웃거렸다. 보지도 못하고 듣기만 하는 '소리'가 어찌 마음을 움직여 자꾸 그 집으로 가게 하는지 도무지 알 수 없었다. 희미한 북소리 위에서 찰랑대는 방울 소리가 묘했다. 아마 그때부터 일게다. 소리에 대해 귀를 기울이게 된 것이.

　　초등학교 3학년일 때 유난히 친구들과 잘 놀지도 않고 조용한 아이가 있었다. 알고 보니 그 친구가 우리 동네 막다른 골목집의 딸이었다. 그의 어머니는 신이 내려 굿을 하는 무녀라고 했다. 그토록 궁금해하던 방울 소리는 바로 신을 부르는 소리였다. 방울을 흔들어 신을 부른다니? 멀리 있던 신이 방울 소리를 듣고 내려온단 말인가? '소리'에 대한 궁금증이 더해갔다. 지금도 그 친구를 생각하면 찰찰 거리는 방울 소리가 함께 묻어난다.

　　그래서일까. 어디를 가나 골동품 시장을 즐기며 소리를 만나고 싶어 두리번거렸다. 언제 적인가 하와이에서 원주민이 흙으로 빚었다는 앙증맞은 물건을 보고 얼마나 흥분했는지 모른다. 손가락으로 구멍을 짚으며 나오는 소리가 마치 대자연 앞에 홀로 서 있는 원주민이 멀리 미지의 신에게 마음을 실어 보내는 소리처럼 들렸다. 그 소리에는 뭔지 모를 아련한 슬픔 같은 것이 배어 있었다. 나중에야 그것이 오카리나라는 것을 알았지만 요즘의 것은 흙으로 빚은 것이 아니라 울림이 다른 느낌이다. 박물관에서 보는 여러 종류의 워낭이라든가 갖가지 모양의 종을 보고 있노라면 초원에서 울리는 목가적인 장면이 함께 떠오른다. 그들 소리에서는 자연의 냄새가 났다. 소리가 곧 자연이었다.

시골살이에 대한 동경이 현실이 되어 시골에 내려갔을 때도 테라스 천장에 매달 풍경이 제일 먼저 생각났다. 어느 날 오일장 좌판에서 사찰에 가면 흔히 볼 수 있는 종 모양의 풍경 하나를 발견했다. 바람 부는 날이면 물고기가 건드리는 풍경소리가 그런대로 마음을 적셔주었지만, 길게 여운을 남기는 울림이 아니었기에 어딘가 모자란 듯 마음에 차지 않았다.

그러던 중 로키를 돌아 밴쿠버로 돌아오던 길에 작은 마을에서 창을 통해 본 예쁜 물건에 끌려 선물 가게로 들어갔다가, 그곳에서 마음을 확 잡아당기는 풍경 하나를 발견했다. 중년의 가게 주인이 손으로 만든 것이라는데 다섯 개의 길고 짧은 알루미늄 원통으로 만들어진 특이한 모양이었다. 집으로 돌아오자마자 사다리를 타고 올라가 현관으로 올라가는 테라스 천장 가운데에 걸었다. 때마침 불어오는 바람으로 '나의 특별한 풍경'이 첫 울음을 토해내었다. "딩~ 딩~ 둥~" 묵직하면서도 깊은 울림의 소리가 내 몸을 관통하며 멀리 퍼져 나갔다. 풍경 소리에 대한 갈증이 해갈되는 순간이었다.

테라스를 뒤덮은 진분홍 덩굴장미 가운데서 알루미늄 기둥 다섯이 길게 늘어져 있는 모습은 그 자체로도 충분히 멋있었다. 그곳에서 세상 어디에서도 들을 수 없는 기이한 음악이 흘러나왔다. 바람이 길고 짧은 원통을 통과하며 공명 되어 나오는 소리는 서로 다른 음계를 가진 소리로 탈바꿈하면서 온 마을을 감싸며 퍼져 나갔다. 공명이 된 묵직한 소리와 밖으로 서로 부딪치며 찰랑거리는 소리가 한데 어우러지며 풍경이라기보다는 파이프 오르간의 멜로디처럼 넉넉하면서도 감미로웠다. 여린 햇살을 안고 불어오는 봄이나 비바람 몰아치는 여름 장마 때 그리고 매서운 겨울 한복판에서 들리는 풍경소리는 저마다 달랐다. 자연의 흐름에 따라 달라지는 풍경소리는 마치 우리네 삶의 모습과도 닮아있었다.

어려서부터 소리에 대한 관심이 많았지만 돌이켜 보니 어느 한순간도 소리와 떨어져 산 적이 없었다. 소리는 스스로의 모양으로 뇌리로 스며들어 흘러가다 순간순간 영사막과 함께 되돌아 나온다. 그것은 지금 내가 살아있음이요, 스쳐 간 발자국 위에 머물다간 시간의 기억이다. 맑은 날 가볍게 스치는 종 모양의 풍경이 댕댕거리고, 희미한 잔영 속에서 친구 엄마의 방울 소리가 들린다. 긴 여운을 남기던 파이프 오르간 같은 풍경소리는 마을 사람들의 삶도 풍요롭게 했다. 인위적인 소리는 귀에 거슬리지만 자연과 어우러지는 순박한 소리는 언제나 마음을 촉촉이 적시며 우리를 행복하게 한다. 지금, 아파트에 사는 나는 문을 활짝 열어젖히고 귀 기울이다가 언제 적 소리를 기억해 내곤 다시 너른 길 위에 선다. 그리고 어디선가 들려오는 귀에 익은 소리를 잊을까 보아 자꾸 먼데 하늘을 본다.

김근숙

신이 응답해 준 오늘 이 시간,
살아 숨 쉬는 순간순간
진실할 것을 잊지 않겠습니다.

약력

부산출생. 부산대 역사교육학 석사. 역사교사로 정년퇴임(38년 경력, 대한민국
국민훈장 홍조장 수상). 수상 : 1990년 적십자 백일장 우수상, 2020 『문파』 신인
문학상 수상(수상작 : 「초록의 눈」 「바람아」 「저밖에」). 2020 계간 『문파』 시로 등
단. 시계 문학회, 문파 문학회, 한국문인협회 용인지부 회원. 저서 : 공저 『오래된
젊음』 『문파대표시선』 외 다수.

내리는 비로 슬픔 만들지 않기

밖은 물난리

지축을 흔드는 것은 쏟아지는 빗소리
하늘이 서럽다고 하니 내 마음도

비雨야 내리느냐?

때 묻고 멍들어 지치기까지 한 우리
위로하려고 구둣발 소리 요란하게
오는가

비悲야 솟구치게 오는가?

하늘은 무심하지 않고 뜻은 간단
때에 대비하고 살피며 날 낮추라고 이른다

사람들은 작은 빗줄기를 가볍게 여기고
작은 거리는 소일 삼아 무시하고
큰 것에만 눈과 마음을 연다

비가 내린다

마음에 심지 굳다면 비雨는 비悲에 젖지 않는다

근원에서 깊게 사랑하고 믿으면
비는 빛으로 온다

우유부단하면

게다가 고지식하고 엉뚱하다면
한 사람은 멀어져 간다

멀리 가면서 자꾸 뒤돌아 힐끗거리며
갈 마음을 정하지 못하고 있다

날 믿으라며 등을 쓸어안고 선
180도 회전하는 마음

망망대해에 조류로 밀려 살려달라고 울부짖는데
6시간 그를 관망만 했던 관계자 여러분

코로나로 날마다 줄어들지 않는 숫자를 대며
광화문 집회 참석한 교회 사람 탓

날마다 달마다 스크린 속에서는 가면을 쓴 얼굴들이
히히거리며 정의를 부르짖는다

마냥 보고 있기만 하지
결정적일 때 소신껏 하지 못한다

나도 그렇다

정의

권력 앞에 속수무책이 된
그들의 비행
과거의 그림자로 찌들은 우리

너도나도 징징대며 울고는
하나둘씩 배반의 향기를
품어댄다

악마가 큰 하품을 하여
양심은 끝없는 아우성을 친다

권력의 향기는 살인적이라
날름거리는 혀로
세상을 휘감아
영어의 몸이 된 정의는
늪에 빠진지 오래다

썩고 뭉개져 뼈가 허옇게 드러나고
권력일수록 공기구멍이 많다는 걸
알아차릴 때쯤이면

올봄 새싹처럼 돋아나
그를 마중 가리라

신은 정의를 묻지 않는다

　　신은 구별하지 않는다. 해가 지면서 안녕? 내일 또 보자 하지 않듯, 사물에 색을 입히고 글자를 만들어 내는 것은 사람이다. 비교라는 것도, 우리가 안과 밖을 나누어서 부른다. 머리부터 발끝까지 양면성을 갖고 있다. 경고에도 불구하고, 최초의 질문자는 선과를 따먹으면서 자신의 존재에 대한 의문을 알게 되었다. 누군가에 의해 창조되었다를 인정할 수 없고, 신보다 더 우월한 존재로 있고자 자신이 만들어 낸 허상 주종 관계를 고집했다고 여긴다.

　서쪽으로 지는 해를 어떤 방법으로 붙들 수 있나? 해지기 전 하늘은 더욱 짙푸르고 붉은 노을은 어둠 안에서 아름답다. 밤이 칠흑 같다고 여길 때 한 편에서는 어두움을 걷으면서 빛이 서서히 하늘을 밝힌다. 여명이다. 새벽이고 아침이 시작되고 하루의 서막이 오른 것이다. 자연은 예나 지금이나 그대로이다. 느낌을 가질 순 있어도 이치는 내 마음대로 좌우하지 못한다.

　신의 존재를 믿는다면 신은 사람의 약속, 책임을 믿지 않는다. 보여주며 펼친다. 해답은 인간에게 있다. 신은 묻거나 따지거나 하지 않는다, 다만 인간이 알게 할 뿐이다. 오감을 통해 시간의 흐름을 감지한다. 시간이 모든 것을 해결하여 준다고 책임을 떠넘기는 것은 아니다. 일을 만들고 말할 거리를 작성했으면 그건 나의 문제이고 책임이며 의무이다. 누군들 남의 문제에 끼어들어 왈가왈부하고 싶으랴? 우리들의 고민거리는 잘 되면 내 자랑이고, 잘못하면 신에게 탓을 하며 고민을 해결해달라고 하는 데에 문제가 있다. 류시화 시인 역시 "신은 우리의 말을 들음으로써가 아니라 행위를 바라봄으로써 우리를 신뢰한다."라고 말하지 않든가?

신은 내 마음 밖에 있는 게 아니고 내 안에 있다고 여긴다. 불교에선 마음이 문제를 일으키고 또 해답도 갖고 있다고 말한다. 빛과 영으로 존재한다면 색의 현실에선 유한의 세계라 특별한 기적이나 경험이 없는 한 볼 수가 없다. 그래도 빛으로, 영으로 존재한다면서 무조건 믿고 복종하는 것은 어폐가 있다고 여긴다. 인간의 판단으로 도대체 믿을 수 없는 일이 일어나면 우린 감당을 못하고 신이 존재하며 신은 창조자이고 완벽한 진리이므로 그에게 미루어서 물어보라 한다. 살아가는 것은 나인데 또 다른 선지자나 현자가 있어 일이 생길 때마다 달려가서 어찌하오리까? 하고 칭얼댈 순 없잖을까?

부정부패, 선과 악도 내 한 몸에서 만들어지고 사람 또한 똑같은데 내가 경험하고 생각하는 주의에 따라 구별을 할 뿐이다. 책으로 경험하고 직접 체험하면 내 마음 안에 온갖 형태의 만상, 만물이 있다. 정의냐 불의냐도 내가 경험한 기준을 갖고 차분하게 상대를 보면 된다. 해답은 먼 곳에 있지 않고 가까이에 있다. 신에게 정의를 묻고 싶은가? 한 번이라도 정의에 대해 생각하고 고민하고 울어보았는가? 쉽게 알려 하고 귀찮아서 남에게 물어 답을 얻기를 바라진 않았을까? 신은 해결사가 아니다. 나의 문제는 실은 내가 잘 알고 있다. 신은 행동하고 움직이는 자에게는 정의를 묻지 않는다. 그래도 정의를 묻는다면 그 신은 구별하는 어떤 이분법적 존재일 뿐이다. 신이라 할 수 없다.

푸른 싹에 행복을 담고서

　　　　움츠려 있던 두 어깨가 오늘은 자연스럽게 펴진다. 겨우내 거실 밖을 나가지 않고 현관문만 여닫이 했다 가끔 정원의 연못 상태를 보려고 나갈 때만 집주인이며, 집사로서 마당의 상태를 살펴보았다. 누렇게 된 잔디가 갈색 마당처럼 되어 있었다. 이사 올 당시 땅이 메마르고 푸석거려 비료를 있는 대로 듬뿍 뿌려 주었더니 작년부터 잔디가 푸릇푸릇 잘 자라고 있다.

　　어느 날 공부하러 가려고 현관문을 나섰다. 계단 아래 디딤돌을 밟고 지나려다 우연히 돌 옆 잔디를 유심히 보게 되었다. 한겨울인데 푸른 싹이 보였다. 색깔도 선명하게 여기저기에서 빼곡 내다보며 눈들을 깜빡이고 있다. 어느새 이 녀석들이 손에 손잡고 아장거리며 비집은 땅 사이로 푸르게 웃고 있어 깜짝 놀랐다.

　　밖은 아직도 춥고 날씨는 어슬퍼기 만 한데 가려고 발걸음을 떼다가 정원을 한 바퀴 휙 눈대중하였다. 옆에선 겨울이 두 손 마주 잡고 조용히 나를 곁눈질하며 비벼대고 있다. '그래 봄이 오긴 아직 이르지' '겨울아 넌 왜 그리 눈치 보고 절절매니' 하고 핀잔주면서 슬쩍 웃었다. 머잖아 너도 옷 입으러 가야 하는데 하고. 요즈음 기후가 민심 따라 변하는 것 같다고 중얼거리며, 계단을 부리나케 내려왔다. 차 문을 급히 열고 겨울을 밀치며 온기 속으로 들어갔다. 기름진 도로를 신나게 운전하여 문화센터 주차장에 세이브 하고 찌~익 거리며 도착하였다.

　　10층 문화센터 A 강의실로 춤추듯 갔을 때, 핑크레이디 싱어즈의 단원들과 수다 한마당으로 입을 풀고 발성 연습을 하였다. 무뚝뚝한 얼굴 뒤로 다감하고 섬세한 감성을 가진 단장 선생님의 지휘에 따라 〈그리움만

쌓이네〉를 연습하며 눈을 지그시 감고 노래 가사의 깊은 멋에 빠져들었다. 감은 눈 속에서 아침에 정원에서 보았던 푸른 새싹을 떠올렸다. 봄이 오는 소리에 꺼져가던 마음의 불씨가 다시 희망으로 솟아오름을 느꼈다.

작년 겨울은 바깥 날씨와 달리 마음이 북새통이고 연일 뉴스에서 쏟아지는 우울하고 황당한 소리는 더욱 차갑고 힘들게 하였다. 그도 모자라 밖에서 들리는 사람의 소리는 아우성뿐이다. 최후통첩을 받은 암 환자라 해도 지르지 않고, 불평하지 않았을 말, 말들이었다. 겉으론 명랑하게 웃고 호호호 하였지만, 마음은 지루할 정도로 긴 겨울이었다.

오늘 곳곳의 잔디에서 보았던 싹은 삶에 용기를 준다. 죽고 나기를 수십 번 겪어도 싹은 여전히 새로운 생명력을 갖고 솟아난다. 우리 역시 그래하며 눈을 슬며시 뜨니 〈지금 이순간〉을 반사적으로 부르고 있었다. 잠시 졸은 듯한 기분이다. 잠을 깨운듯한 단장님 목소리는 폐부 깊숙이에서 나와 목청을 떠는 아름다운 음색이었다. 순간적으로 어머 예뻐라 하였다. 이 말을 우리 선생님은 듣지 않았으리란 보장 아래 36페이지 〈오즈의 마법사〉를 연습하였다.

주차장에 차를 두고 계단을 숨넘어가듯 2개씩 뛰어오르면서 빗장을 열고 안마당으로 갔다. 숨이 턱에 차서 헉헉대다가 아침에 보았던 마당의 구석까지 불태우듯 활활 거리며 보았다. 푸른 새싹이 푸릇하니 보인다. 휴~안심하며 기뻐서 들뜬 마음으로 현관을 열고 들어가며 만족하여 편안해졌다. 문득 서울대 최인철 교수의 『굿 라이프』란 책에서 말한 "행복은 균형과 확장이 가져다주는 의식의 자유로움이며, 행복한 사람의 삶의 기술은 비교가 아니고 관계라든"말이 생각났다. 이른 봄을 알리는 푸른 싹이 행복하려면, 나 먼저 손을 내밀고 스스로 행동하라고 말하는 것 같다.

최레지나

가슴속 추억은 하얀 눈이 되어 소리 없이 내린다

약력

서울출생. 저서 : 공저 『오래된 젊음』 외 다수. 시계문학회 회원.

또 지나간다

하늘에 촉촉히 박힌 별들도 새벽 속으로
빛을 잃어 가면

저 별빛 속으로 나도 숨어 들어간다
지나간 삶 웃음과 눈물도 화폭에
한 그림일 뿐

초침은 가슴에 파고들어
라벤더 향 찻잔에 얼굴을 비추고

카톡 두드리며 발끝에 힘을 주고
하루 시간 맞춘다

주먹 속으로 오늘을 넣어 보지만
어제의 빈 오늘

새벽 별빛을 잃고 넘어가기 전 달려와
또 하늘을 본다

봄의 비극

봄이 창백하다

창밖에 너를 만지고 싶어도
외출 금지령
현관 밀고 나와 너를 안아보니
따듯한 봄 온기가 생명선 타고 흐른다

하얀 목련 꽃 가슴 은 피어오르고
파란 하늘이 웃고 있다

마스크 쓴 얼굴들 복면의 거리
가면 속에 봄이다
누가 누군지 알 수가 없구나

이런 봄 처음이다
코로나19

돌아가신 어머니 손 한번 못 잡고 작별하고
문상객 하나 없는 텅 빈 영결식

어린이 놀이터 고양이 발자국뿐
까치 소리만 요란하다

하얀 발자욱

첫눈이 소복이 내리는 날
발길은 고궁으로 빨려간다

돌담과 소나무
눈옷을 입고 겨울잠에 취해 고요하다

둘이 걷던 그날에 흔적은 찾을 수 없어도
가슴속 추억은 하얀 눈이 되어 소리 없이 내린다

발자국 남겼던 그 오솔길
혼자 걸어 본다

약속의 날

오늘 찾아온 날
틀림없이 받은 날

약속의 날들은 얼마나 남아 있나
세월에 업혀 떠나가 버린 시간들 잡을 수없이 구름 속 가버렸지만
시간과 손잡고 영원한 흔적을 남기기 위해 머리에 하루에 지도를
그린다

하루의 몫을 더욱더 빛나게
멋진 날 만들 거야

장대비가 와도 좋다
함박눈이 오면 더 좋다

오늘은 축제날

가을의 눈물

구름 한 점 없는 쪽빛 하늘
상쾌한 눈부신 아침

여인의 옷깃 머릿결이 날리는
코스모스 길을 걷는다

국화꽃 향기 바람에 실려 올 때
들판은 사랑이 익어 갑니다

멀리서 울리는 기적 소리에 고추잠자리 몸짓한다

어느 님이 떠나가는가
이 가을에
풀 숲길 내린 이슬
떠난 그대의 눈물 인가
가을의 눈물 인가

유태표

나에게 글을 쓰는 것은 마음을 추스르는 작업이다
현상의 본질에 대해 사유하고
그것을 감성으로 표현해 내는 작업이다

수필

기다림 없는 슬픔
오월이 되면
위대한 유산

약력

서울 출생. 고려대 법대 졸업. SK그룹 일본 대표이사사장. SK상사 전무. (주)중부도
시가스 대표이사 부회장.

기다림 없는 슬픔

　　나의 청소년 시절, 이발소에 가면 벽면에 액자가 걸려있는데 거기엔 의례 노자 『도덕경』에 나오는 '상선약수上善若水' 와 명심보감에 나오는 '가화만사성家和萬事成' 등의 글귀가 쓰여 있었다. 성현들의 말씀은 옳은 말씀이지만, 어른들이 늘 하시는 말씀이라서, 어린 나이의 우리들에겐 옳은 만큼 감동적이지는 못했다. 동네 이발소들은 한결같이 이와 같은 문구를 걸어놓고 있었지만, 색다른 글귀를 걸어 놓은 곳도 있었다. 내 친구 중에 이발관 집 아들이 있었는데 동네에서는 제법 크고 깨끗한 곳이라 다른 데보다 값이 좀 비쌌지만, 그 애아버지는 아들 친구인 우리들에게 특별히 싸게 해 주었다. 그 이발관의 벽에도 어김없이 액자가 걸려있었다. "삶이 그대를 속일지라도 슬퍼하거나 노하지 말라. 슬픔의 날 참고 견디면 기쁨의 날 오리니 마음은 미래에 살고 현재는 늘 슬픈 것 모든 것은 순간에 지나가고 지나간 것은 다시 그리워지나니."

　　푸시킨의 이 시詩는 당시 열여섯 살인 나에게 잔잔한 감동을 주었다. 한자로 쓰여진 글귀는 어른들의 가르침이 필요했지만 이 시는 읽는 것만으로 그 뜻을 헤아릴 수 있었기 때문이다. 현재의 삶은 누구에게나 늘 슬픈 것! 그러나 슬픔을 참고 견디면 훗날 기쁨의 날을 보상받게 된다는, 평범한 교훈 같은 메시지였다. "인내는 쓰다. 그러나 그 열매는 달다." 비슷한 내용 아닌가? 그러나 푸시킨의 메시지는 보다 세련되고 아름답게 우리들 가슴에 와닿았었다.

그 당시 우리에게 슬픔이란 게 뭐였겠나? 그것은 전쟁으로 인한 폐허와, 좌절감 그리고 너나없이 겪는 궁핍한 삶이었을 거다. "어려서 고생은 사서도 한다." 아버지들이 소주 몇 잔에 얼굴이 버얼개지시면, 우리들에게 들려주셨던 말씀인데, 푸시킨의 메시지와 내용에 있어서 다를 게 없었다. 우리들은 푸시킨을 통해 아버지들의 말씀이 옳다는 것을 다시 한 번 확인할 수도 있었다. 이 시는 전쟁이 끝난 지 10년도 되지 않은 가난한 후진국의 청소년들에게 위안과 희망을 주었던 것이다.

어른이 된 후에 나는 우연히 푸시킨에 관한 글을 읽게 되었다. 그는 38년을 살다가 짧은 나이로 요절했다고 한다. 그때까지 내 상상 속에 그려졌던 그의 모습은 러시아의 문호 톨스토이의 얼굴처럼 흰 수염이 멋있게 나있는, 권위와 지혜를 함께 갖춘 노령의 현자일 거라고 생각했었다. 그러나 그가 우리들에게 전해준 그 교훈적인 메시지의 나이와 그의 짧은 생애는 어딘가 어울리지 않았다. 그 메시지가 삼십 초반의 어린 나이에 쓰여졌다는 데 놀라면서도 실망스러움이 뒤따랐던 것도 사실이다.

사진으로 본 그의 모습은 검은 머리와 양쪽 구레나룻에서 턱까지 짧고 검은 곱슬 수염이 나있는, 재기 발랄한 젊은이였다. 그의 얼굴 어디에도 달관한 삶의 흔적을 찾기 어려웠다. 그래서일까? 그는 사랑하는 어린 아내와 그녀를 탐하는 근위대 장교와의 염문설에 시달리던 끝에, 자신의 명예와 가정을 지키기 위해 아내의 내연 남자와 무모한 결투 끝에 죽었던 것이다. 얼마나 허무한 아이러니인가? 삶이 그대를 속일지라도 슬퍼하거나 노하지 말라! 누구의 말인가!

푸시킨이 쓰고 있는 키워드는 과거 현재 미래의 3개 시제와 슬픔 기쁨

그리고 그리움 등 세 개의 마음 상태 이다. 하나의 동일한 사건이 같은 직 선상에서 시간의 흐름에 따라 마음이 다르게 작용하고 있는 것이다. 현재 의 시작은 자세히 들여다보면 동시적으로 과거의 시작이고 미래의 시작 이 된다. 현재가 멈추면 과거도 멈추고 미래도 멈춘다. 그렇다면 이 세 개 의 시제時制는 본래 하나였을지도 모른다. 시제의 구분은 처음부터 없었 는데 인간의 분별심이 만들어 낸 것인지도 모른다.

중요한 것은, 현재는 늘 슬픈 것이지만, 과거와 미래를 존재하게 한다 는 것이다. 현재가 살아 있으므로 과거가 있고 미래가 있는 것이다. 그러 므로 과거와 미래의 시제는 현재의 시제로부터 연유되는 것일 뿐, 실체 가 없는 현재의 그림자에 불과 한 것이다. 그러나 과거의 일과 미래의 일 때문에 현재의 삶이 괴롭고 슬퍼진다면, 그리고 삶의 실체가 그 그림자 에 덮여져 전혀 다른 모습으로 바뀌어진다면, 이보다 더한 아이러니가 또 어디 있을까?

슬픔이란 무엇일까? 고등학교 시절 젊은 영어 선생님은 그리스 신화 가운데 「오이디푸스 왕」이야기를 재미있게 들려주신 적이 있었는데, 끝 말을 이렇게 맺은 것으로 기억된다. 주어진 운명에 대해 저항해 보지만 결국에는 그 운명에 굴복할 수밖에 없는 것, 이러한 상황을 비극이라고한 다. 그러면 주어진 운명에 굴복하지 않고 극복해 낸다면 희극이 되는 걸 까? 현자賢者는 우리에게 "주어진 운명을 사랑하라고 한다amor fati." 과연 비극의 대칭점에 희극은 있는 것일까?

우리에게 주어진 운명은 '생로병사'라는 한계상황인 것이다. 이와 같은 상황을 어쩔 수 없는 것으로 인식하면서도 그것을 두려워하고 불안해하며 거부해 보지만 결국엔 굴복할 수밖에 없는 것, 그것은 우리 인간에게 만 주어진 비극인 것이다. 개나 고양이도 생로병사의 한계상황을 가지고 있지만, 그들은 그것으로부터 연유하는 슬픔을 모른다. 그들에게 과거와 미래가 있을까? 그들에게는 현재만 있을 뿐 과거와 미래는 없다. '지금 여 기'만이 그들의 삶일 뿐, 실체가 없는 곳에 마음을 두지 않는다. 그들이야 말로 부처의 마음으로 살고 있는지도 모른다.

슬픔은 우리 인간만이 가지고 있는, 다른 동물들과 구별되는, 인간다움 의 표현일 수 있다. 인간다움이란 어떤 것일까? 인간들은 스스로를 진실 하고眞, 착하고善, 아름답고美, 존엄하게尊 그리려 애쓴다. 우리는 그것을 휴머니즘이라고도 부른다. 그러나 인간다움은 우리 인간들이 도달하려는 지향점이지, 인간다움이 곧 인간의 모습은 아닌것이다. 인간의 참모습은 어떻게 보면, 반反 인간다움일 수도 있다. 그럼에도 불구하고, 인간다움의 옷을 구하기 위해, 평생을 허비하며 살다가, 죽을 때가 되어서야, 아! 모든 게 허업虛業이였어 라고 되뇌며, 떠날 수밖에 없는 우리는 슬픈 존재인 것 이다.

푸시킨이 나처럼 칠십을 훨씬 넘게 살고 있다면 어땠을까? 우리들의 삶에 있어서 기쁨은 잠시 들렀다 떠나는 손님과도 같은 것, 손님이 떠나 면 슬픔은 삶의 주인이 되어 모든 공간을 차지하게 된다. 우리들 삶의 공 간은 슬픔으로 꽉 차 있다. 굶주린 자와 배부른 자의 슬픔, 얻은 자와 잃은 자의 슬픔, 떠나는 자와 보내는 자의 슬픔, 슬픔 또 슬픔…. 만나는 모든 것들은 슬픔을 가리려는 화장을 하고 옷을 입는다. 아침에 눈 뜨면 서로 아침인사를 나눈다. "슬픔이여 안녕?" 그리고 어제도 그랬던 것처럼 오늘도 분주한 하루를 보내고, 잠시 다녀갈지도 모를 기쁨을 손꼽아 기다린다.

되풀이되는 기다림이 쌓이고 쌓여 칠십을 훨씬 넘긴 지금, 우리들의 자화상은 슬픔의 색으로 여러 겹 덧칠되어, 서로 만나면 어두운 표정으로 눈인사를 나눈다. "죽음을 기억하세요memento mori." 마치 죽음의 강에 놓여있는 징검다리를 건너듯이, 불편한 걸음으로 손을 흔들며 가고 있다. 슬픔의 날 참고 견디면 기쁨의 날 오리니…. 그대가 나만큼 살아 봤다면, 이렇게 말할 수도 있겠지. "우리들에겐 기다릴 기쁨도 없다네. 오롯이 남겨진 슬픔도 머지않아 떠나가겠지. 지금은 그저 기다림 없는 슬픔을 살아갈 뿐이라네."

오월이 되면

집 근처 신대 호수가 있어 거의 매일 운동 삼아 그곳을 다녀온다. 광교산에서 계곡을 따라 흘러내린 물이 개울 지어 신대호수로 흘러들어 잠시 쉬었다가 어딘가로 흘러 나간다. 호숫가에 늘어선 이름 모를 나무들과 풀 들이 낯익은 얼굴로 나를 바라본다. 우리는 매일 같이 얼굴을 익혀온 사이라서 무심히 만나고 무심히 헤어지곤 한다. 그들의 무심은 가끔씩 내가 겪고 있는 현실에 대한 좌절감과 슬픔을 달래 주기도 한다. "이것 또한 지나가리라." 내 어깨를 다독거리며 현자의 언어로 속삭인다. "세상을 들여다보지 말고 무심히 바라보라." 그들의 오월은 사월의 모습과 달리 시작을 넘어 생명의 모습을 당당히 갖추고, 연두색에서 푸른색으로 바뀌어져 있다.

작년 오월, 이곳을 함께 거닐다가 문득 서서, 내 얼굴을 빤히 올려다보며 뭔가를 묻던, 손자 놈의 눈 속에 담겨 있던, 푸른 하늘은 지금도 그대로 푸르다. 노천명 시인의 '푸른 오월'에는 이런 탄식歎息이 있다. '내 젊은 꿈이 나비처럼 앉은 정오正午 계절의 여왕 오월의 푸른 여신 앞에, 내가 웬일로 무색하고 외롭구나!' 생명의 축제장에서 내뿜는 거칠고 단내 나는 숨소리를 시인의 섬세한 감성으로 감당하기엔 그 감동이 너무 컸으리라.

칠십을 훨씬 넘긴 나는 하루하루 깔딱고개를 넘는 심정으로 살아가고 있지만, 계절의 여왕 오월이 되면, 푸른 이파리 하나하나를 닦아주며 오월을 붙들고 싶도록, 철없이 신명나는 걸 참아낼 수 없다. 오월이 되면 체념과 용서에 대한 이야기는 까맣게 잊혀지고, 잔인한 검투사처럼 거친 숨을 내쉬며 승리의 삶을 살고 싶어지는 것은 왜일까? 서른한 개의 날들을 저 금통장에 넣어두고, 서른한 명의 반가운 이들을 골라, 하루에 한 명씩 만날 수 있다면 얼마나 좋을까! '내 젊은 꿈이 나비처럼 앉은 정오' 나의 푸른 오월에는 어떤 추억이 숨겨져 있을까?

내가 다녔던 고려대학교는 매년 오월 초에 석탑 축제를 한다. 축제의 마지막 날, 어둑어둑해지면, 대 운동장 곳곳에 드럼통 한가득씩 막걸리를 담아 두고 누구든지 마시고 싶은 대로 마셨다. 축제 행사장엔 취기 오른 사람들이 서너 명씩 떼를 지어 먹이를 구하는 사자들처럼 교정을 어슬렁거리고, 본교생과 타교생들이 뒤섞이어 시끌벅적했다. 선남선녀가 짝을 지어 흩어져 교정 곳곳에 놓인 벤치에 앉아 밀어를 나누기도 하고, 짙은 라일락 향기가 작은 바람을 타고 그윽이 콧등을 스치는데 미네르바의 부엉이조차 향기에 취해 눈을 감고 잠든 것 같았다.

그때 가톨릭 의대를 다니는 한 여학생을 만났는데, 어떻게 해서 만났는지 또렷한 기억은 없다. 영문은 알 수 없지만, 디오니소스 신이 내게 행운을 내려 주었는지도 모르겠다. 어두워져서 얼굴도 잘 보이지 않았지만, 그녀에게 호기심을 갖게 된 것은 의대생이란 것이었다. 그 당시 여의사는 드물기도 했지만, 의사는 글자 그대로 의술을 가진 스승이기 때문에 존경받는 사람이었다. 나는 처음에 약간 기가 죽어서 물으면 대답하는 소극적 자세를 취했다. 얼마큼 시간이 지나 교문 밖 다방으로 자리를 옮겨 차를 마시고 하다 보니, 집으로 돌아갈 시간이 되었다.

그녀의 집 안국동까지 데려다주겠다고 했더니 그녀는 사양은 했지만 거절하는 것 같지는 않았다. "우리 집은 전화가 없어서 그러는데…" 쭈뼛 쭈뼛 내 말이 끝나기도 전에 그녀는 메모지에 자기 이름과 집 전화번호를 적어 주었다. 다방에서 나와 왜 그랬는지 모르지만 우리는 안암동에서 신설동까지 걸어 나왔다. 버스 정류장에 버스가 없으면 그대로 지나쳐 걸었는데, 설령, 버스가 있었다고 해도 다음 정거장에서 타기로 암묵적으로 동의하면서 계속 걸었다. 우리는 마치 오래전부터 만났던 사람처럼 서로에게 익숙해져 있었다. 내가 재미있다고 생각하면, 그녀도 재미있고, 그녀가 재밌다고 하면 나도 재밌는 것이었다. 쉴 새 없이 재밌는 얘기를 나누며 걸었는데, 6대 4의 비율로 그녀가 나보다 얘기를 더 많이 한 것 같다.

무슨 얘기를 했는지 전혀 기억은 없지만, 그녀의 목소리는 보통 사람보다 한 옥타브 위의 고음이라는 것, 보통 여성들의 목소리가 첼로라면, 그녀의 목소리는 바이올린과 같았다. 우리가 동대문을 지나 종로 통을 걸어서 3가쯤 왔을 때, 문제가 생겼다. 유객 행위를 하는 창녀들이 길을 막고, 우리를 희롱하는 것이었다. 얼마동안 실랑이를 벌이다가 우여곡절 끝에 그녀를 데리고 빠져나오는데 성공했다. 거의 통금이 다 되어서야 안국동 골목으로 들어서게 되었는데, 그녀는 나의 귀가를 크게 걱정하며 다음날 전화를 꼭 해 달라고 했다. 손가락으로 저기가 자기 집이라고 하면서, 혼자 갈수 있으니 이쪽에서 돌아가라고 했다.

오던 길을 되돌아가는데, 승자의 발걸음은 조금도 무겁거나 힘들지 않았다. 통금 시간이라 불 꺼진 행길은 너무 고요해서 조금 무섭기는 했지만, 화신 앞을 지나 종로 2가쯤 지나려는데 호루라기 소리가 들렸다. 근처 파출소에 끌려가면서도 순경들이 그처럼 반가울 수 없었다. 나는 그날의 일을 자초지종 진술하고 순경의 처분을 기다렸다. 친절한 순경 아저씨는 팔뚝을 내놓으라 하더니, 잉크 칠을 한 파출소 확인 도장을 찍어 주었다. 그것만 보여주면, 유치장에 들어가지 않고 통과될 수 있으니 지워지지 않도록 하라고 당부했다.

그 후에도 몇 군데 파출소에 끌려가서 학생증을 내보이고, 그날의 일을 자초지종 진술하는 절차를 되풀이하면서 나의 집, 장위동을 향해 걷고 있었다. 마라톤 평야에서 페르시아 대군을 무찌른 뒤, 승전보를 전하려 아테네로 달리던 파이디피데스처럼, 나도 승전보를 안고 장위동 고개를 넘고 있었다. 우여곡절 끝에 집에 도착했을 때는 통금이 해제된 후였다. 조심스레 담을 넘어 고양이처럼 방문을 열고 형 옆에 누워 잠에 들었다.

다음날 늦잠을 자고 일어나니 열두시 가까이 됐다. 그녀에게 전화를 걸자면 행길로 나가 다방에서 커피 마시고 요금 얼마를 줘야 된다. 옷을 입고 주머니를 뒤져보는데 그녀가 내게 준 메모지가 없는 것이었다. 전날 입었던 셔츠와 바지 주머니를 아무리 뒤져도 그녀의 메모지는 없었다. 도대체 어찌 된 일인가? 그녀가 내게 메모지를 건네준 이후의 행적을 복기해 보았다. 종로 삼가에서 그녀를 보호하기 위해 몸싸움 했을 때? 파출소에서 학생증을 몇 번 꺼냈을 때? 그 외는, 메모지가 빠져나갈 까닭이 없었다. 메모지를 건네받을 때 흘낏 본 그녀의 이름도 최 씨 성만 기억에 남을 뿐, 그녀의 정체에 대해 아는 게 하나도 없었다.

처음엔 황당했지만, 이렇게 만날 수 없게 되는구나 하고 체념하게 되었을 때, 그 좌절감은 내게 몹시 큰 통증을 주었다. 그녀와 다섯 시간을 함께 한 오월의 어느 날, 그날 이후, 나는 '홀로된 자'가 되어 있었다. 사랑을 시작하기도 전에 사랑을 잃어버리는 슬픔에 잠겨 버린 것이다. 캄캄한 밤 중 그녀가 손가락으로 가리켰던 그녀의 집은 아이러니하게도 밝은 대낮이 되니 찾을 수 없었다. 지금도 안국동 근처는 나의 비밀스런 추억의 명소로 되어있다. 오월! 지울 수 없는 한여름 밤의 꿈으로 남아, 내가 그날의 장면을 꿈꾸면, 그녀도 나와 꼭 같이 그날의 장면을 꿈꿀 수 있을까?

위대한 유산

    25년 전에 방영됐던 드라마 〈옥이이모〉를 케이블TV로 재밌게
보고 있다. 배경음악 〈재클린의 눈물〉이 첼로의 선율을 타고 드라마의 공
간을 채우며 애절하게 흐른다. 경남 합천에서 60년대를 시대 배경으로, 농
경사회에서 산업화 사회로 넘어가는 과정 속에서 서민들 삶의 애환을 그
린 일종의 시대극이다. 내 또래의 사람들에겐 정겹고 낯익은 삶의 풍경이
고, 그리움을 주체할 수 없는 추억의 장면들이다. 특히 요즘처럼 암울한
노년을 살아가는 때에는 더욱 그렇다.

    시골 국민학교의 교실 풍경, 그 교실에는 노총각 선생님과 조실부모하
여 외삼촌 집에 얹혀사는 애 어른 상구, 때를 닦지 않아 매일 야단맞는 학
교와 금순이, 땡땡이 잘 치는 복태, 약국집 딸 은실이 등이 모여 있다. "잘
있거라 아우들아 정든 교실도" 이렇게 졸업한 후 20년, 상구는 건설회사
의 직원으로 중동에 파견 근무를 하고 있고 학교는 개인택시를, 종호는
땅 부자, 은실은 약사가 되어, 오늘 선생님을 모시고 사은회를 한다.

    선생님은 반듯하게 잘 자라 어른이 된 제자들이 사회 일꾼이 되어 제각
기 맡은 일을 성취해 내고 있는데 대해 교육자로서 보람을 느낀다고 하셨
다. 나도 사은회에 참석해서 한마디 거들었다. 여기 모여 있는 학우들아!
나도 그 교실에서 너희와 함께 있었단다. 선생님은 복태가 땡땡이를 치면
직접 복태를 찾아 나섰고 아이들이 불량식품을 사 먹으면 풀빵 장수를 찾
아가 싸움도 하셨다. 청결 검사 시간에 목에 낀 때가 지적되면, 약국집 은

실이에게 제일 창피했었지. 지루하리만큼 반복되는 고달픈 일상들이 쌓이고 쌓이며 우리들은 어느새 듬직한 어른으로 자라 있었다. 사은회가 끝나갈 무렵 거동이 불편하신 선생님을 에워싸고 우리들은 스승의 은혜를 불렀다. "아! 고마워라 스승의 사랑 아! 보답하리 스승의 은혜." 선생님과 우리들 모두는 눈물을 흘리고 있었다.

가난한 살림에도 자식들 교육만큼은 재산을 다 털어 시키다 보니 그 빚이 여기저기 연 걸리듯 했는데, 아버지들은 그 힘든 시절을 어떻게 견뎌내셨는지 모르겠다. 불쌍한 우리 아버지들! 철없는 우리들은 머리가 제법 큰 뒤에도, 아버지를 무능하다고 뒤에서 불평을 하기도 했으니, 이런 배은 망덕이 세상 어디에 있을까? 아버지의 가난은 우리를 강하게 만들어 남들보다 두 배 이상 일하게 해서 우리들은 풍족한 삶을 사는데 성공했다. 아버지가 물려주신 가난은 그 어떤 유산보다도 값진 '위대한 유산'이었다. 아버지의 위대함은 지금 우리가 누리는 풍요를 위해 낙엽처럼 땅에 떨어져 스스로 썩어 거름이 되셨던 거다.

"나는 배운 것도 없고 가난해서 자랑할 건 없지만, 이 동네에서 공부 잘하는 애들은 우리 집에 다 있다." 나는 아버지의 술 냄새가 싫었지만, 이런 말씀을 하시며 눈가가 벌게지시는 아버지의 얼굴을 보며 숙연해지곤 했다. 아버지의 삶은 전후戰後 이 땅에 남겨진 폐허와 가난으로 고달프기만 했다. 오로지 자식들에 대한 희망이 당신의 삶 그 자체였기 때문에 당신은 당신의 현재를 살아본 적이 없었다. 한 알의 밀알은 그렇게 썩어서 많은 열매를 영글게 해놓고 떠나간 거다.

우리 학교는 왕십리에 있었는데, 우리의 단골 소풍지는 봉은사였다. 이곳을 가자면 뚝섬까지 걸어가, 거기서부터 배를 타고 강을 건너고도 한참을 걸어야 했다. 한참 걷는 동안 김밥을 다 먹어 치운 뒤 봉은사에 도착했다. 나무 우거진 그 나지막한 산길이 지금은 고층 빌딩 숲으로 변해서 맨해튼보다 더 세련된 도시가 되었다. 우리나라 어딘들 상전벽해 아닌 곳이 있는가? 얘들아! 나의 학우들아! 이것은 우리들의 위대한 성취다. 자랑스럽지 않은가! 누가 이 나라를 '헬조선' 이라고 헐뜯는가! 누가 우리 아버지들이 물려주신 위대한 유산을 폄훼하는가! 공중파 채널을 빼앗긴 채, 케이블 TV로 옥이 이모를 보는 내내 너무 억울해서 흐르는 눈물을 주체할 수 없었다.

지난주 토요일, 광화문에 갔다. 단상에 선 연사들은 나라 걱정에 사자후를 토해냈다. 구름처럼 몰려나온 사람들은 인산인해를 이루고 있었고, 발 디딜 틈 없는 사람들 속에서 나는 보이지 않는 한 사람으로서 그곳에 서 있었다. 파장이 될 무렵 효자동 쪽으로 행진하는 사람들 틈에 섞여 걸어 올라갔다. 그리고 얼마쯤 걸었을까? 그곳에서 수 백 명쯤 되어 보이는 사람들이 풍찬노숙하며 농성하는 모습을 보게 되었다. 그들 중에는 여든을 넘기신 노인들, 아이들을 데리고 나온 젊은 엄마들이 특히 눈에 띄었다. 나라를 위한 근심 걱정을 작은 소리로 기도하는 사람들, 어린아이들을 꼭 끌어안은 채 눈을 감고 기도하는 젊은 엄마들, 또 어떤 사람은 하늘에까지 닿도록 두 손을 높이 쳐들고 나지막한 목소리로 하느님을 부르고 있었다.

성령으로 가득 찬 그곳은 나같이 눈먼 자에게는 보려고 해도 볼 수 없는 하느님의 왕국이요 현자들의 나라였다. 나는 그들에게 다가가고 싶었지만, 그럴 용기가 나질 않았다. 다만 어린아이들과 노인들이 추운 이 밤을 무사히 견뎌 낼 수 있을까? 왜 저 사람들은 추위를 무릅쓰고 풍찬노숙을 할 수밖에 없는가? 별안간 내 머릿속은 근심 걱정으로 꽉 들어차면서,

슬픔이 내 온몸에 밀어 닥쳐, 흐르는 눈물을 닦지도 못 한 채 그대로 서 있었다. 그들을 말리든가, 아니면 그들과 함께하든가, 그럴 용기도 없는 나는 과연 누구란 말인가? 대제사장 가야바의 명령으로 성전 수위들에게 붙잡혀 가는 예수를 세 번이나 모른다고 했던 베드로의 모습이 이런 게 아니었을까?

효자동 길을 내려오면서 나는 기도를 했다. "아브라함의 하나님 이삭과 야곱의 하나님! 노인들과 저 어린이들과 그 어머니들이 쌀쌀해진 오늘밤을 아무 탈 없이 보내게 하여 주옵소서! 이 땅에도 당신의 성령이 가득 내리어 정의로움이 충만한 세상 되게 하여 주소서. 실로암 연못의 물로서 저희와 같은 눈먼 자들의 눈을 닦아 주시고 매의 눈으로 세상을 보게 하시어, '위대한 유산'을 온전히 지키게 하여 주시옵소서." 기도를 이어가다 보니 안국역에 이르렀고, 지하철에 올라 빈자리를 잡았다. 나는 마치 어린 애가 실컷 울고 난 뒤, 엄마젖을 게걸스레 먹다가 식곤증으로 깊은 잠에 들듯이 그렇게 잠이 들었다.

김연옥

태백산 산마루 구와우마을
드넓게 펼쳐진
해바라기 숲에 걸린 보름 달
긴 기다림 끝
고개 들어 맞이한다
추억의 문을 연다
희미한 기억 속에 세월은 가고
가슴속 사랑은 늙지 않고
피어난다

시

약력

청주 출생. 시계문학 회원. 저서 : 공저 『오래된 젊음』

달빛이 호수 품다

북쪽 바람 불어와 만나는 그곳
대청 숲속 호숫가는 새들도 숨죽이는 슬픈 이야기가 있다
독불장군인 양 군림하며 강력한 힘을 가진
붉은 기생충 감염된 물고기 한 마리와
텅 빈 머리로 옷을 바꿔 입는 팔색조 물고기 한 마리 한 쌍이
호숫가 물속 세상을 지배한다

그들은 두려움을 모른다

넓은 세상 어떻게 움직이는지 관심도 없고
감염된 사실조차 모르고 살아간다
수많은 물고기들은 우거진 덤불 속에 갇혀 머리 숙이고
작은 터전을 이루고 산다
캄캄한 물속에서 넘어지고 힘든 삶
마른 울음으로 물결을 친다
저녁 달빛이 호숫가 감싼다
이들은 물속 세상이 움직이는 원리와
자연과 더불어 살아가는 것도 안다
감염된 물고기에서 검은 피가 나온다
물속은 검은색으로 변화가 시작되었다

신이 부르는 소리가 들린다
세찬 바람이 불어와 겨울비가 내리고 있다
찬 공기와 빗물이 섞인다

앙상한 가지만 남은 나무들은 품고 있던 모든 것 비워낸다
새로운 것들로 채우기 위해

오이도

일상에서 지친 날
느티나무 가로수 길 따라 바다로 간다
탁 트인 바다
시원한 바람 맞으며 답답했던 마음이 열린다
섬의 모양이 까마귀의 귀와 비슷하여 불린 이름
오이도
회색빛의 바다
수평선 위에 갈매기들 자유를 그리다
옛 시인의 산책길 지나
생명의 나무, 빨간 등대에 마음을 빼앗기고
허기가 진다
조개구잇집에서 입에 넣으며 바다를 삼킨다
파도 소리 들려오고
저녁노을이 장미 꽃잎처럼 곱게 타고 있는 시간
내 마음 바다에 잠기게 하는 것은 고요 속 침묵이다
저 멀리서 비추는 송도 신도시
아름다운 불빛들 밤을 수놓는다
또 하나의 추억은 완성되고

가을꽃

간들바람
숨어서 오는 발자국 소리
햇살 아래 꽃잎을 열기 시작했다가
밤이면 숨어버리고
하늘에서 내려온 샤프란 꽃
고운 향기 머금은
향수로 내게 다가온다
한적한 바닷가 마을에서 날아온
대청부채붓꽃
초록 끈을 휘감은 불꽃같은 유홍초
하얀 꽃잎
텅 비어 버린 마음
슈베르트의 아베마리아 들으며
가을 속에 묻힌다

가을

기억 저편에 그리움

내 영혼을 깨우며

소리친다

빛나게 사랑했던

추억들이 소환된다

고요한 가을 숲속에

그림자 되어

서 있는 너

심장을 파고드는

슬픔 펄럭인다

빛나는 아픔이다

어둠의 계절

로버트 번스의 빨간 장미 사라진 후
어둠이 내려앉은 땅
당신 심장에 꽂힌 화살은 허공 속으로 푸드득
날갯짓하지만 미쳐 날지 못하고
우두커니 서 있는 한 마리 새였습니다.
눈으로 바라보고 그 자리에 얼어붙었습니다.
오늘만큼은 날아야 한다는 욕망으로
햇살 비치는 언덕에서 들꽃들의 향기에 취한 듯
민들레 이파리 하나 삼켰습니다.
온몸에 열이 나 밤새 뒤척이다가
텅 빈 마음 마른 울음으로 땅을 치고
가슴속에는 커다란 돌덩이 생겼습니다.
얼마나 세월이 흘렀을까
몇 달 몇 년이고 얼어붙은 마음
미움, 증오는 당신 것
당신 마음을 두드릴 수 없다는 것을 알고
슬픔, 분노가 공존하는 시간
적막이 당신을 품고
새벽을 보며 창공으로 날아가는
한 마리 새가 되겠습니다.

---

* 로버트 번스의 「내 사랑은 빨간 장미꽃」 중에서

윤문순

일상의 소중함이 얼마나 귀중한 것인지 깨달으며
오늘 하루도 의미 있는 시간을 보낸다
지금 이 순간
멋진 가을 하늘에 가득히 수 놓아진 시를 찾아본다

시

약력

대전출생. 시계문학회 회원.

고구마

밭에 옮겨 심은 작은 줄기 하나 이슬비 맞으며 뿌리내리더니
굵은 땀방울 바쁜 발자국 소리 온 밭을 덮었다

흙으로 소복하게 북돋아 준 자리
따뜻한 온기 품은 대지의 기운 끌어올려
흔들리지 않을 뿌리 되었다

누렇게 변해버린 잎사귀 사이로 굵은 목숨들 땅 위로 툭 솟아
자유를 꿈꾸며 떠나려 한다

굵어진 손마디 늘어나는 주름에 묻어 있는 사랑
기억이나 할까?

보내는 마음이 더 아파 하얀 밤이다

새끼손가락

매미의 합창 소리 묻혀 버린 한낮의 뜨거운 열기
등 굽은 허리, 길에 앉아 고구마 순 다듬는
할머니의 까만 손

등에 업은 막둥이 다칠라
넘어지는 온몸 고스란히 받아낸 왼손, 굽어진 새끼손가락

어깨에 올려진 육 남매의 무게
폭포처럼 흐르는 땀방울 닦으며 열무 보따리 한가득 이고
시장으로 향하던 굽은 어깨 위에 내려앉은 고단함

터덜터덜 돌아오는 막내딸 반겨 주던
고향집 우물가 매화꽃 닮은 어머니

향기 가득한 그 미소, 오늘 더
그·립·습·니·다

잃어버리다 1

산을 내려온다
철 지나 위태롭게 흔들리는 진달래 바라보는 멍한 눈
바짓가랑이 붙어 있는 도둑 가시
줄 끊어진 연하나 한점 되어 사라질 때까지 쳐다본다

골목을 울리던 짜랑짜랑한 웃음소리
문을 열고 환하게 웃으며 들어오던 발걸음 소리 듣기 위해
귀 기울여 보지만 내려앉은 까만 어둠만이 고개를 들고 있다

철없는 사람들의 말, 말들
깊숙이 가라앉힌 상처를 끌어올린다
시간이 지나도 치유되지 않는 아픔이다
라일락 향기보다 더 잔인한 그날

마음에 묻어둔 그리움
오늘따라 더 깊다

잃어버리다 2

거미줄 같은 선들이 눈에 거슬린다
언제부터인가 나의 생활은 선에 잠식당하고 있다

나무를 타고 오른 칡덩쿨
나무는 죽어가고

보이지 않는 선을 타고 흐르는 말들

장맛비처럼 쏟아지는 거짓된 정보들
나의 일상을 점유하고
판단되지 않는 모순들이 사고를 정지시킨다

화려하게 꾸며진 속삭임
눈먼 사람들의 어리석음에 기대어 빠르게 파고들고 순간,
그들의 광대가 되었다

나무의 뿌리를 찾아 뒤엉킨 칡넝쿨을 걷어낸다
옥석을 가리듯,

나무도 나도 숨을 쉰다

산다는 것

노래를 부른다
높아지는 음, 빨라지는 곡조에 마음이 조여오고
올라가는 어깨, 널뛰는 가슴 입속은 모래 폭풍으로 서걱거리고
불안은 클라이맥스로 치달아 두~둥
노랫소리는 뒷걸음질로 달아나 문을 닫는다

가만히 눈 감고 숨 한번 깊게 쉬고
잔뜩 올라간 어깨 한번 으쓱, 가볍게 툭 던진다
계곡을 흐르는 맑은 울림

장승처럼 눈 부릅뜨고, 송곳 같은 날카로움으로
벌판 한가운데 서 있던 나의 지난 시간

풍경 소리에 끌려 올려다본 처마 끝
눈 시린 푸른 하늘

한지혜

밤새 가슴에 어둠을 견디며 잃어버린 방향 찾아갑니다

약력
_____

충남 서천 출생. 시계문학회 회원.

6월의 장미에게

떠도는 구름
연초록 나무들 위에
6월의 빨간 장미
청춘의 아름다움이었다
가시의 아픔도
붉은 너의 입술도
무너진 담장 속
가시에 찔린 슬픔도
청춘의 아름다움이었다
지금
6월의 하늘 아래 겹겹이 뒹구는 꽃잎들
바람 소리 따라
한 편의 시를 읽는다
젊음아 아직도 숨어있는 젊음아

가을에 쓰는 시

한꺼번에 오는가
나의 가슴은 낙엽에 뒤덮인 듯 쓸쓸함이 쌓인다

햇살도 햇살에 비친 들꽃들도
그리움에 목이 메이고
사랑을 찾아 떠나간다

찾아온 강가
물속에 비친 얼굴 하나
삶을 사랑하지 않은 자의 얼굴
행복하지 않은 자의 얼굴

구름이 지나간 자리
시가 쓰여져 있다
다시 사랑하자고

겨울나무

한그루 겨울나무가
나를 기다리고 있는 듯
그렇게 서 있습니다

나무 곁에 기대 보고 싶어
하늘 한 번 쳐다보고
곁에 갑니다

잎 다 떨어진 쓸쓸함의 흔적은
고요한 아름다움입니다
지나갑니다 슬픔이
들려옵니다 다정했던 목소리

앙상한 가지의 흔들림은
침묵의 손을 잡고 힘겹게
일어서겠지요

바람 소리도 길고양이의 울음소리도
머뭇거리는 추운 거리에서
아픔의 잎들은 새잎들을
약속하겠지요

나를 찾아서

축축한 안갯속 헤집듯
먼 길 헤매어 돌아와
나는 여기에 서 있다

상처 입은 나의 노래는
슬픔을 떠맡아 얼굴을 가리고 있다
허무하게 외쳐대는 석양 같은 운명

흔들리는 뿌리처럼
희미한 연기처럼
숨죽이던 울음소리는
깊은 강물에 잠긴다

몸을 숙여 나를 바라본다
이곳을 빠져나가
내가 곁에 있고 싶은 것이다

나에게 온 고양이

아무도 모르는
바람 불고 비가 오는 축축한 어느 날
담장 밑에 쪼그리고 상처의 고통을 외면한 채
어둠을 찾던 길고양이

양이는 그렇게 나에게 왔다
사랑스런 눈동자에 아주 작은 얼굴
수염은 귀엽게 자라있고
봄바람처럼 부드러운 너의 털은
따사로운 햇살에 금빛 모래처럼 빛이 나는구나.

가끔은 우울한 너에 몸짓은
야옹야옹하며 동그란 원을 그린다
하나의 사랑을 그린다
나. 너에게 다가가 다정하게 쓰다듬을 때 나의 손을 할퀴는
너의 예민한 두려움과 낯섦은 무엇일까

손을 잡을 수없는 먼 곳의 너

김미자

수줍은 듯 멋쩍은 듯 쑥스럽게 웃어주던 당신. 언젠가 다시 만날 때 부끄러운 모습으로 고개 돌리며 반가운 얼굴로 맞아줄 당신을 그리워합니다. 보고 싶은 마음 꼭꼭 숨겨가며 많은 얘기 남겨보렵니다. 뒤늦게 시작하는 낯선 이 길에 지치지 않고 매진할 수 있도록 용기를 주세요.

수필

그때와 지금이 다르다
딸과 며느리
불면

약력

경북 예천 출생. 시계문학회 회원.

그때와 지금이 다르다

　　나이가 들면 신체기관의 감각이 무뎌지고 쇠퇴한다고 하는데 유독 후각의 기능이 점점 예민해지니 난감하다. 오늘도 어김없이 올라오는 역겨운 냄새, 아파트 꼭대기 맨 위층에 살다 보니 온갖 냄새에 시달린다. 모든 냄새가 위로 올라오고 있다. 비가 많이 오는 장마철에는 더 심하다. 최근 새로 짓는 아파트는 세대마다 환풍 장치를 따로 빼서 각각 배출되는 구조라 괜찮다고 하는데, 우리 아파트는 연식이 좀 오래된 아파트이다. 한 라인에서 올라오는 냄새는 오롯이 제일 위쪽으로 집결되는 터라 그냥 지나치려니 고통이 생각보다 크다. 유난스러운가 싶을 정도로 나의 냄새 맡는 기능이 대단한지 어떤지 모르나 음식 냄새에 섞여 나기 시작한 고약한 냄새, 최근에 나를 괴롭히는 새로운 냄새 때문에 참 괴롭고도 혼란스럽다.

　담배 냄새다. 유난스럽게 음식을 잘 해 먹는 집이 이웃에 있나 보다 하고 조금은 불편해도 음식 냄새 정도는 그러려니 한다. 그러나 담배 냄새는 조금 다르다. 화장실에서 솔솔 올라오는 냄새가 역겨운데 경비실에 항의할 수가 없다. 담배 때문에 불편하다고 말하기에는 양심이 허락지 않는다. 지금은 먼 나라로 떠난 남편이 너무도 지독한 애연가였기에 그로 인한 이런저런 사건이 많았다. 내 남편의 흡연으로 인해 고통받았을 이웃이 분명 있었을 것이기에 역지사지로 지금의 내 처지는 대놓고 불평을 할 수가 없다.

남편을 만나서 결혼할 때는 흡연에 대한 사회적인 분위기가 지금과는 사뭇 달랐기에 쉴 새 없이 피워대는 담배가 훗날 두고두고 속을 썩이는 것이 될 거라고는 생각지도 못했다. 단순히 무식함의 소치인지 그때는 어린 아들을 옆에 태우고 같이 차를 타고 가면서 피우기도 했다. 이곳으로 이사를 오기 전에 살던 곳은 처음 분양받아 오랫동안 살다 보니 이웃들과 유대도 돈독하고 일정 부분 서로 양해해 주는 측면이 있었기에 심각하게 금연을 종용하지는 않았다. 아마 항의도 못 하고 속을 태운 이웃이 있었으리란 것을 최근에 내가 겪고 보고 알게 되었으니 참 부끄러운 일이다.

　언젠가 병원에 입원한 적이 있었다. 별로 대수롭지 않은 병증이었지만 문제는 담배를 못 참으니 며칠간의 병실 생활이 걱정이었다. 궁여지책으로 전자 담배라도 피우겠다고 고집하니 어쩔 수 없이 1인실을 사용했다. 냄새가 나지 않는 전자 담배는, 얼른 피우고 시치미를 떼면 의료진들이 모르는지 무사히 넘어가긴 했었다. 꼼짝없는 공범이 되어 사람들 몰래 전자 담배를 피우도록 망을 봐주며 도와주었으니 지금 생각해도 조마조마하다.

　낯선 곳으로 이사를 오게 되었고 사회적인 인식이 옛날과는 너무도 다르니 흡연 문제가 제일 걱정이었다. 여러 사람의 의견을 모아 맨 위층을 골라 집을 샀다. 그리고 숯불 갈빗집 같은 데서나 볼 수 있다는 덕트DUCT라고 하는 환풍기를 설치했다. 인테리어 업자가 가정집에 덕트를 공사하는 건 처음이라고 놀라워하던 것이 잊히지 않는다. 그렇게 유난스럽게 공사를 해서 흡연실을 만들었고 다행스럽게도 담배로 인한 이웃의 민원은 없었다. 남편은 남의 눈치 보지 않고 혼자만의 공간에서 죽을 때 까지 못

끊는다고 하던 자신의 입버릇처럼 살다 갔다. 남편이 다른 일에는 결단력도 있고 의지가 약한 편이 아니었는데, 유독 군대에서 배웠다는 담배를 끊는 것만큼은 잘되지 않았다. 10년 전쯤 건강 이상으로 술과 담배를 멀리하라는 진단을 받은 후 그길로 금주는 한 번에 성공하는 걸 보았다. 아마도 남편에겐 술 보다 담배란 놈이 더 지독하게 달라붙은 친구였던 모양이다. 지금에 와서 생각하면 담배를 못 피우도록 말리지 못한 것이 잘한 일인지 아닌지 가늠이 되지는 않는다. 하고 싶은 것 맘껏 하고 간 게 다행인가 싶기도 한 것은 '피조물은 길든 짧든 창조주가 정해준 수명에서 일 초도 더하거나 뺄 수 없다.' 고 하는 말이 큰 위로가 되기 때문이다.

그동안 느끼지 못하고 있던 담배 냄새에 심각하게 반응하는 작금의 이 현상은 뭘까? 며칠 전에는 집으로 올라가는 승강기에서 잠깐 어지럼증을 느끼면서 구토를 경험했다. 분명 혼자 타고 있었는데 밀폐된 그 공간에 담배 냄새가 가득한 게 아닌가, 아마도 내가 타기 전에 누군가 내린듯한데 담배를 피우던 사람이 금방 내린 건지, 담배 냄새가 승강기 안에 가득했다. 남편이 있을 때는 몰랐던 괴로움이다. 남편 보내고 2년 가까운 세월이 지난 이제야 흡연자를 보는 타인의 시선이 어떠했는지 알게 되었다. 나는 비흡연자이지만 남편이 살아있을 때는 그렇게까지 지독하게 혐오스러운 냄새 일 줄은 느끼지 못했으니 부부 사이란 참 오묘한듯하다. 오히려 흡연자를 죄인 보듯 하는 사람들의 시선에 별나게 군다고 섭섭하게 생각하기도 했다.

사람의 감정이라는 것이 때에 따라, 형편에 따라 이리저리 변한다는 것이 참 씁쓸하다. 나이를 먹고 보니 이제껏 모르고 지나친 것들이 새삼 눈에 들어오기도 한다. 때로는 이 나이 되도록 우물 안 개구리로 살아온 내 어리석고 편협한 시각이 너무 부끄럽고 민망해서 얼굴 붉힐 때도 많다. 아마도 오랜 시간 그런 감정에서 벗어나긴 힘들 것 같다. 내가 남편과 연결 지어 가지고 있는 담배로 인한 여러 가지 복잡한 상황을 극복하지 않고는 애매한 이 감정도 계속될 것이다. 그래서 오늘도 아래층에서 올라오는 담배 냄새에 대한 민원을 토로하는 게 맞는지 어떤지 결정을 못 하고, 관리실로 전화를 해야 할지 말아야 할지 망설이고 있는 것이리라. 긴 긴 장마가 지루하게 이어지는데 오늘도 전화기를 들었다 놨다 하며 한숨만 쉬고 있다.

딸과 며느리

어느 해 봄이었다. 우연히 TV 화면에 눈길을 주다가 이상한 전율을 느끼며 좀체 눈을 뗄 수 없이 빠져들고 말았다. 대학 캠퍼스를 배경으로 신입생들이 와자하게 쏟아지며 한 떼의 여대생들을 보여주는데 찬란한 햇빛 사이로 활짝 웃는 그녀들의 모습이 얼마나 싱그럽고 예쁜지, 너무도 절실하게 든 생각 하나, 저런 딸 하나 있었으면 하는 동경이었다. 젊음이 뚝뚝 떨어지는 그 광경을 가끔 떠 올리곤 했으나 내 것이 아닌 것에 대한 단념 또한 빠른 편이기 때문에 잠깐의 아쉬움을 넘기고 나면 대체로 아들 하나로 만족하고 살아온 것 같기도 하다.

구순을 넘기신 우리 엄마에게 나는 참 애매한 존재인 것 같다. 편하게 해주지는 않으나 없어서는 안 되는 딸이기도 하다. 아직은 정신도 맑고 별다른 이상이 없이 건강한 편이다. 1주일에 한 번 정도 안부 전화를 하는데 교회 가는 차에서 늘 일정한 시간, 비슷한 인사말로 두어 마디 하면 끝이다. 덤덤하고 재미없는 모녀인데 엄마가 필요한 물품을 부탁할 때는 꼭 나를 통해서 한다. 주로 곁에 있는 며느리에게 말하기 곤란한 품목인 건강식품이나 미용 용품 따위가 그것이다. 그 연세에 아직도 기초 화장품을 애용하는데 젊을 때부터 쓰시는 고가의 유명 브랜드를 지금껏 고수하니 한 번씩 사다 줄 때마다 조금 부담스럽기는 하다. 그럴 때마다 아무 말 안 하고 갖다주면 좋겠지만 잔소리가 따라붙는다. 비싼 화장품 쓴다 한들 가버린 피부 탄력이 돌아오냐고, 하루빨리 환상에서 깨시라고 놀리고 건네

준다. 그렇게 투덜거리면서도 수십 년 사다 나르고 지청구 들으면서 다른 누구에게도 사달라고 하지 않고 나에게만 그 은밀한 소임을 맡기는 엄마와 나.

살가운 말 한 번 하지 않고 애정 표현에 서툰 모녀간이다. 그러나 야심한 초겨울에 불쑥 전화해서 추워졌으니 보일러 온도 높이라고 툭 한마디 하기도 하니 다른 긴 설명 필요 없이 딸이라는 한마디로 정리될 것 같다. 애석하게도 나에게는 없는 딸이지만 엄마의 딸 노릇은 잘 하고 싶은데 그 평가는 엄마의 것이다. 우리 엄마는 칭찬에 인색한 양반이라 후한 점수는 기대하지 않을 생각이다.

친구에게 아주 예쁜 딸이 있다. 친구의 표현에 의하면 엄마에게 딱 붙어 떨어지지 않는 껌딱지라고 한다. 아들 하나인 나와 딸 하나인 내 친구는 만날 때마다 자기에게 없는 것에 대해 서로를 부러워한다. 같은 아파트에 신혼살림을 차린 친구의 딸은 정말 빈틈없이 엄마 찬스를 쓰며 엄마를 떠나지 않는다. 공직에서 퇴직하고 이제는 좀 자유롭게 노후를 즐길 거라던 계획이 껌딱지 딸로 해서 많은 방해를 받는다고 투덜거릴 때도 있으나 진심으로 싫은 기색을 보이지는 않는다. 친구는 직장 다니는 딸을 대신하여 어린이집에 가서 외손녀를 데리고 와야 하며 느닷없이 사위와 들이닥치니 반찬이 없을 때는 백년손님 접대가 소홀할까 봐 진땀 날 때도 있다고 한다. 백화점에서 특별하고 귀한 물건을 살 때나 마트에서 장을 볼 때도 본인의 것보다 딸 줄 것을 더 많이 사면서 아주 즐거워한다. 생활비의 일정 비율이 딸에게 쓰이는 건 맞지만 그런 정도의 경제 사정이 되니 괜찮다. 별일 아닌 일로 잠깐씩 삐치는가 해도 언제 그랬냐는 듯 금방

하하 호호하는 친구 모녀는 요즘 우리 주위에서 쉽게 볼 수 있는 사람들 같다.

'며느리가 딸이 될 수 없고 사위가 아들이 될 수 없다.'고 흔히 말을 한다. 아들이 며느리 될 처녀를 데리고 왔을 때 세상에 널리 퍼져있는 그 말을 문득 떠올리곤 마음의 경계심을 한 번 점검하긴 했다. 가냘프고 보드라운 손목을 잡았을 때 갑자기 딸이 있다면 이런 감정일까 싶은 뜨거운 정이 밀려와서 상대방이 내 마음을 알아챌까 봐 당황스러워서였다. 결혼 5년이 된 지금 며느리를 볼 때면 세상의 그런 말들이 안 맞다 싶을 때도 있고, 세상의 만고 진리로 느낄 때도 있다. 내 마음조차 이랬다, 저랬다 한다. 친구네 모녀처럼 백화점 쇼핑도 하고 이런저런 같이 하는 일도 많으나 가까워졌다, 싶다가도 또 어느 날 보면 다시 그 자리, 그 거리. 친구 모녀의 다정한 모습을 늘 부러워했던 터라 예쁜 며느리가 생겼을 때 내심 싹싹하게 다가와 주길 바랐는데 내 며느리는 좀체 나를 편하게 대하지 않는다. 언제나 예절 바르고 깍듯하다. 어느 늦은 밤에 문득 별다른 용건 없이 전화해 주는 며느리의 목소리가 듣고 싶다. 또 누군가와 실없는 수다를 늘어놓고 싶을 때 그 상대가 며느리였으면 하고 기대하기도 한다. 물론 스스럼없이 대해주기를 바라는 나의 바람만 포기하면 다른 불만은 없다. 언제나 나를 배려하고 불편한 것 없는지 세심하게 마음 쓰며 모든 면에 부족함 없이 제 역할을 해주는, 요즘 보기 드문 며느리란 주위의 칭송도 높다. 복에 겨운 내 부질없는 넋두리이다.

며느리가 딸의 역할을 해준다고 한들, 내 친구 모녀나 우리 엄마와 나같은 그런 관계가 되기는 어려울 것이다. 아들이 데려온 며느리를 처음

보았을 때 무조건 사랑하리라 생각했다. 누구를 데려왔더라도 아마 마찬가지였을 것이다. 아들을 사랑하는 그만큼의 애정을 똑같이 나눠주리라고 오랫동안 마음먹고 있었고 지금껏 그렇게 해왔다고 자신한다. 은밀히 공수해 온 물건을 엄마에게 건네며 던지는 그런 농담을 며느리와 나누기가 힘들지 모르나 그저 사랑만큼은 맘껏 줄 생각이다. 희망하기는 모녀 관계 같은 고부가 될 수 있도록 애는 써 볼 것이다. 지금은 그래도 세월이 흐르고 먼 훗날엔 가능할 수도 있으리라 기대한다. 젊었을 때는 나도 시어머니가 무척 어렵고 거리가 느껴졌으나, 어느 순간 같은 여자로서의 동질감을 느끼며 편안한 사이가 되어 정을 나누는 모녀 같은 고부가 되었기에 조급하게 생각지 않고 기다릴 것이다. 사실 내 며느리는 야무지고 똑똑해서 내가 어려워하는 문제를 척척 해결해 주고 응석받이로만 살아온 나보다 훨씬 현명한 여성이다.

내 엄마처럼 구십 살 넘도록 살게 될지 어떨지 모르는 일이나 비타민, 로션 사다 달라고 며느리 성가시게 할 것이 아니라 누구의 도움도 없이 안방에서 필요한 물품을 살 수 있도록 인터넷 쇼핑이나 부지런히 배워둬야 할 것 같다. 아직은 무엇이든 직접 보고 사야 직성이 풀리기에 마트나 백화점을 찾고 있는데 더 나이 먹고 거동이 어려울 때를 대비해야겠지. 컴퓨터도 능숙하게 다루려면 눈도 밝아야 하니 눈에 좋다는 블루베리도 부지런히 먹어야 하고, 나이 드니 챙겨 먹을 영양제가 왜 이리 많은지 오늘도 몸에 좋다는 이런저런 것들을 한 움큼 집어삼킨다.

불면不眠

또 하루가 저물고 고통의 시간을 맞이한다. 언제부터인가 이 시간이 되면 공연히 안절부절못한다. 그렇게 힘들다는 갱년기도 지났건만 뚜렷한 이유 없이 잠드는 것이 어렵다. 쉽게 잠을 자 본지가 언제인지 생각이 안 날 정도로 꽤 오래된 증상이다. 별별 좋다는 방법을 다 써보았으나 백약이 무효이니 최근에는 억지로 잠을 자야겠다는 생각을 버리고 올빼미가 되어 버렸다.

검은 머리 파뿌리 될 때까지 살자던 내 짝은 반백이 되어 나를 떠났다. 백년가약 했으나 백 년에는 훨씬 못 미치는 세월이었다. 남편이 있을 때 밤마다 자장가를 불러 준 것도 아니었고 심지어 갱년기를 지나면서는 각방을 썼으니 혼자 자게 된 것이 불면의 이유는 아니다. 춥다가 갑자기 확하고 열이 올라오기도 하는 증세에 시달렸다. 그 모습을 보고 얼마간 고통을 같이 해주기도 했으나 너무 성가시고 귀찮아서 남편을 안방에서 내보낸 것은 나였다. 물론 기다렸다는 듯이 건넌방으로 거처를 옮긴 다음 명실상부한 사랑방 양반이 되어 버렸고, 그 후 우리의 합방이 다시 이뤄지지는 않았다. 내 곁을 떠날 때까지 10년 남짓의 세월이었다.

남편에게 예상치 못 한 일이 시작된 시기가 아마도 내 갱년기 증상이 끝나갈 무렵이었던 것 같다. 처음에 각방을 쓰고 있던 나는 모르고 있었다. 내가 옆에서 이불을 찼다가 금방 끌어당겼다 온갖 요동을 해도 누웠다 하면 코를 골며 잠들어, 불면의 고민이라고는 없던 사람이었다. 그런

데 갑자기 잠이 안 와서 헤매게 되었다. 밤중에 무슨 소리가 들려서 나가보면 찻잔을 앞에 두고 우두커니 앉아있는 남편을 보게 되었고 그런 일은 빈번해졌다. 왜 그러고 있냐고 물어보면 '잠이 안 오네' 하고는 얼른 건너방으로 들어가곤 했다. 잠이 안 온다면서 왜 블랙커피를 밤중에 나와서 마시냐고 싫은 소리 하면 어차피 먹으나, 안 먹으나 잠이 안 오는 것은 마찬가지라며 한숨 푹 쉬곤 하던 모습이 떠오른다.

직장이 있을 때는 밤낮이 바뀌어 많은 어려움이 있었지만, 퇴직 후로는 서로 별다른 관심 없이 자기의 불편을 앞세워 저녁이 되면 각각 안방으로, 건너방으로 흩어졌다. 자다가 문득 깨어보면 TV소리가 너무 크게 들릴 때가 있었다. 소리 좀 낮추라고 한마디 하면 얼른 꺼버리곤 해서 조용해진 이후의 그 방 사정을 알 수는 없다. 잠 안 오는 그 밤에 남편은 무슨 생각을 했을까? 그때의 나는 그 사람의 고통을 몰랐다. 내가 겪는 불편이 제일 큰 것으로 알고 내 아픔만 호소했던 것 같다. 퇴근 후에 잠깐씩 조는 걸 볼 때가 있었다. 방에 들어가서 자라고 조금은 불친절하고 짜증스레 말하기도 했다. 막상 들어가서 자려고 누우면 잠이 달아난다고 해서 별스럽다고 핀잔이나 주었던 나. 그 사람은 왜 나에게 자기의 괴로움을 털어놓고 위로받을 생각은 안 했을까? 갱년기 증상도 어느 만큼 괜찮아졌는데, 안방으로 들어오라고 하지 않는 나에게 합방하겠다고 말하지 않았던 이유는 뭘까?

요즘 나는 며칠에 한 번씩 불면으로 고통받고 있다. 무엇 때문인지 해가 지고 자야 할 시간이 되면 정신이 말똥말똥 해지니 그 괴로움은 이루 말을 할 수가 없다. 그런 밤이면 어디선가 바스락거리는 소리가 들려 잔뜩 긴장한다. 그럴 리가 없으련만 커피 마시러 나온 남편인가 하고 나가려다 순간 멈춘다. 문득 눈시울이 뜨거워진다. 그리고 몇 번이나 되뇌어 본다. '내가 그리 갈 수는 있으나 그는 다시는 내게 올 수 없다.' 는 사무엘하 12장 23절의 말씀을. 인간의 슬픔은 아무리 혹독하다 해도 십오일이 지나면 희석되기 시작한다는데 정말 그 말이 맞는지 모르겠다. 나는 아직도 깊은 슬픔에서 다 벗어나지 못했고 오늘도 잠 못 들고 온갖 후회와 아쉬움으로 눈물짓는다.

김선수

읽고 쓰고 사유하고 여행하기.
제가 사랑하는 이 일들이 코로나19로 일어난
모든 힘듦을 견디게 합니다.
견뎌내다 이겨내다 마침내 제 마음을 넘어
다른 이의 마음을 움직이는
글을 쓰게 되리라 믿으며,
오늘도 읽고 쓰고 사유하고 여행합니다.

꽃 진 자리

구월이 저무는 한낮
꽃이 진 자리를 가만히 들여다본다

햇살이 넉넉하던 날에 눈부시던 꽃잎은
마침내 바싹 마른 할머니 손등처럼
갈색의 꽃받침으로 남았다
바람이 통과한 기억

치맛자락 살랑거리며 마실 다녀간
나비의 춤사위
새악시 머리 얹듯 꽃가루만 묻혀놓고 날아간
꿀벌 궁둥이
귀를 기울이면 들려오는 잠자리
날개의 그림자놀이 소리

저절로 지는 때를 알고 풀벌레에 내어준
그 자리에 꽃비 흩뿌려진 흔적

사스레피나무*

제주시 조천읍 선흘리 산 12번지 동백동산 기슭
먼물깍 습지 보러 올라가는 길
누가 달았을까 나무 이름표

사스레피
속삭이듯 불러도 숲은 소스라치게 놀라
잎새만 푸드득 날아가고
발이 묶인 채 모든 계절을 바스락거리는가

온 마을이 불길에 휩쓸린 4·3사태
짐승처럼 숨어들던 곶자왈 도틀굴
군인에게 위협받은 노인은 숨은 곳 알려주고
서로를 향한 원망의 가지는 홀러
나무 밑동 흙뿌리에 쓰러지던 사람들

살갗 찢기는 아픔은 이끼로 엉키고
눈물은 고여
땅속 검은 연못이 되었나

살아서 집에 돌아오지 못한 서러움

휘파람을 불듯 나지막이 안아주네

사스레피

---

* 사스레피나무 : 바닷가 산기슭에서 자라는 차나무과의 쌍떡잎 식물로 4
월에 연한 노란 빛을 띤 흰색 꽃이 핌. 시에서는 제주 4·3사태의 비극을 사
스레피 나무에 빗대어 표현함.

사랑초

어머니가 키우시던 잎새의 몇 뿌리
조심스레 나눠 주신 사랑초
볕 좋은 베란다에 두고 물만 줬는데
어느새 화분 가득 보라색 꽃을 피웠네

한때는 흐드러지게 웃음 짓더니
시들해지는 게 사랑이라고
풀 죽어 드러누운 잎을 비집고
파릇한 새싹이 돋는 게 사는 거라고

떨어진 꽃잎이 양분이 되는지
뿌리를 썩게 하는 독이 될지는
모두 내 맘의 몫임을 자분자분 들려 주네
꽃말처럼 항상 내 곁에 계신 듯한 사랑초

해가 바뀔 무렵

한 해가 저물어 간다. 해마다 십이월이 돌아오면 며칠 남지 않은 달력을 보며 또 이렇게 속절없이 한 살 나이를 먹는구나 하는 생각에 기분부터 가라앉는다. 새해 첫날 계획했던 일들을 얼마나 이루어졌나 돌이켜보면 어김없이 아쉬움이 앞서기도 한다.

새해 연하장이 왔나 했더니 운전면허를 갱신하라는 우편 안내문이 왔다. 서기 2000년을 기념해서 밀레니엄 드림을 실현하겠다고 운전면허 학원을 등록하고 운전 연습과 시험공부를 열심히 해서 발급받았던 면허증이다. 그때를 떠올리니 세월이 참 빠르게 느껴진다. 올해가 가기 전에 면허증을 바꿔야겠다고 생각해서 사진을 새로 찍기로 했다. '개떡같이 하고 와도 찰떡같이 찍어 줄게,' 나의 호기심을 일으키는 슬로건을 내건 사진관에 가서 사진을 찍었다. 사진을 찍으면서 예전보다 주름이 얼마나 늘었을까 걱정이 되었다. 젊은 사진사가 나의 속마음을 어떻게 알았는지 포토샵으로 아주 사알짝 주름을 펴주었다. 사진 속 젊어진 내 얼굴이 설핏 웃음을 참고 있는 듯 흡족해서 기분이 좋아졌다.

자신만만하게 사진을 들고 경찰서 교통 민원실을 방문했다. 운전면허 갱신 신청서를 적어내니 직원이 잠시 기다리면 된다고 한다. 면허증 갱신이 이렇게 빨라지다니 대한민국의 행정 업무가 참 편리해졌다는 생각이 들었다. 십여 분을 기다린 끝에 면허증을 받아보니 뭔가 잘못됐다! 생전 처음 받아보는 국제 운전면허증이다. 국내 운전면허 갱신은 이 주일이 소요되는데 국제 면허증은 현장에서 바로 발급을 해주는 것이었다. 어찌 된 일인가 확인해 보니, 신청서를 작성할 때 운전면허 갱신란에 표시를 하고 접수는 국제면허 발급 창구에 한 것이다. 접수했던 직원도 적잖이 당황하는 모습이다.

엉뚱한 창구에 서류를 접수한 나의 잘못이 큰 것 같아 다시 갱신 신청을 하고 국제 면허증은 어차피 나왔으니 그냥 달라고 했다. 직원이 미안한 얼굴로 "갱신 수수료를 다시 내셔야 하는데, 그래도 괜찮으시겠어요?"라고 묻는다. "이참에 어디 외국에 가서 운전 좀 해보죠. 감사합니다." 말하고 웃으며 민원실을 나왔다.

사실 외국에서 자동차 여행을 할 때면 운전은 주로 남편이나 아들이 맡아서 국제 운전면허증을 따로 발급받을 필요가 없었다. 한국의 자동차와는 달리 운전석도 반대인 차를 낯선 도시의 도로에서 운전한다는 건 아예 생각도 못 해 보았다. 그러다 보니 운전하는 사람이 매우 피곤해 보여도 나는 옆자리에 앉아 미안한 마음뿐이었다.

교통 민원실에서 일어난 사소한 실수였지만 생각지 않은 선물을 받은 것 같다. 오래전부터 볼리비아의 우유니 소금 사막과 페루의 마추픽추를 보러 중남미 여행을 하겠다고 벼르고만 있었다. 소설가 박완서는 쉰 나이에 등단을 했으니 그 나이엔 나도 내 이름의 책을 내리라 꿈꾸던 날들은 한참을 지나쳤다. 이제 그 꿈들을 위해 준비할 때가 온것 같다. 마음에만 담아두었던 도전들을 지금이라도 늦지 않았으니 빨리 시작하라고 누군가 말해주는 것도 같다.

국제 면허증을 들여다보며 와이키키 해변에서 하나우마 베이로 이어지는 해안 도로를 자동차로 운전하는 내 모습을 상상해 본다. 하와이의 투명하면서도 따스한 햇살 아래 선글라스 쓰고 스카프를 바람에 나부끼며 달리는 풍경을 떠올린다. 혼 블로우라고 파도가 바위 구멍을 뚫고 솟구치며 내는 신비하고도 웅장한 소리가 바로 옆에서 들려오는 것 같다.

예전 같으면 신청서에 적힌 내용도 확인 안 하고 일을 처리했다며 민원실 직원에게 까칠하게 따졌을 내가 한 해가 바뀌는 이맘때에 조금은 너그러워졌다는 사실을 깨닫는다. 한 해 한 해 나이 들면서 품위 있는 중년으로, 좀 더 여유롭고 푸근해지자는 연초의 다짐이 나도 모르게 작용한 건 아닐까?

새해에는 어떻게 변화하고 싶은지 나 자신에게 묻는다. 좁고 옹졸한 마음 밭을 다독다독 펴주면서 다른 이의 실수는 덮어주고 도전은 응원해 주는 항상 곁에 두고픈 사람이 되었으면 한다. 많이 웃고 주변 사람들을 많이 웃게 하고 싶다. 돌아오는 새해에는 또 어떤 다짐과 즐거운 일들이 기다리고 있을까 생각하니 해가 바뀌는 게 꼭 아쉽기만 한 건 아니다. 교통민원실에서 일어난 작은 실수로 인해 흐뭇해진 세밑이다.

시계문학 열세 번째 작품집

그래 너는 오늘도 예쁘다